caos e amor

Caos e Amor

Copyright © 2023 Faria e Silva.

Faria e Silva é uma empresa do Grupo Editorial Alta Books (STARLIN ALTA EDITORA E CONSULTORIA LTDA).

Copyright © 2023 Becky Korich.

ISBN: 978-65-6025-003-1

Impresso no Brasil — 1ª Edição, 2023 — Edição revisada conforme o Acordo Ortográfico da Língua Portuguesa de 2009.

Dados Internacionais de Catalogação na Publicação (CIP) de acordo com ISBD

K84c   Korich, Becky.

           Caos e Amor / Becky Korich. - Rio de Janeiro : Alta Books, 2023.
           208 p. ; 13,7cm x 21cm.

           ISBN: 978-65-6025-003-1

           1. Literatura brasileira. 2. Contos. I. Título.

2023-2113   CDD 869.8992301
                                       CDU 821.134.3(81)-34

Elaborado por Odilio Hilario Moreira Junior - CRB-8/9949

Índice para catálogo sistemático:
1. Literatura brasileira: Contos 869.8992301
2. Literatura brasileira: Contos 821.134.3(81)-34

Todos os direitos estão reservados e protegidos por Lei. Nenhuma parte deste livro, sem autorização prévia por escrito da editora, poderá ser reproduzida ou transmitida.

A violação dos Direitos Autorais é crime estabelecido na Lei nº 9.610/98 e com punição de acordo com o artigo 184 do Código Penal.

O conteúdo desta obra fora formulado exclusivamente pelo(s) autor(es).

Marcas Registradas: Todos os termos mencionados e reconhecidos como Marca Registrada e/ou Comercial são de responsabilidade de seus proprietários. A editora informa não estar associada a nenhum produto e/ou fornecedor apresentado no livro.

Material de apoio e erratas: Se parte integrante da obra e/ou por real necessidade, no site da editora o leitor encontrará os materiais de apoio (download), errata e/ou quaisquer outros conteúdos aplicáveis à obra. Acesse o site www.altabooks.com.br e procure pelo título do livro desejado para ter acesso ao conteúdo.

Suporte Técnico: A obra é comercializada na forma em que está, sem direito a suporte técnico ou orientação pessoal/exclusiva ao leitor.

A editora não se responsabiliza pela manutenção, atualização e idioma dos sites, programas, materiais complementares ou similares referidos pelos autores nesta obra.

Faria e Silva é uma Editora do Grupo Editorial Alta Books

Produção Editorial: Grupo Editorial Alta Books
Diretor Editorial: Anderson Vieira
Editor da Obra: Rodrigo Faria e Silva
Vendas Governamentais: Cristiane Mutús
Gerência Comercial: Claudio Lima
Gerência Marketing: Andréa Guatiello
Assistente Editorial: Milena Soares
Revisão: Denise Himpel; Maria Carolina Rodrigues
Diagramação: Alice Sampaio
Capa: Beatriz Frohe
Ilustração: Virna Levin

Rua Viúva Cláudio, 291 — Bairro Industrial do Jacaré
CEP: 20.970-031 — Rio de Janeiro (RJ)
Tels.: (21) 3278-8069 / 3278-8419
www.altabooks.com.br — altabooks@altabooks.com.br
Ouvidoria: ouvidoria@altabooks.com.br

Editora afiliada à:

caos e amor

becky s. korich

Rio de Janeiro, 2023

sumário

03	você decide
11	a fuga
17	todos os signos em um dia
23	enquanto isso...
29	a insustentável leveza de um dia sem problemas
35	a segunda pele
39	cheiros
45	caos e amor
51	o antimanual do casamento
57	página um
63	carta para um filho adolescente
67	sempre me acontece
71	a hora da guerra
77	amar não é só uma questão de amar
81	os gêmeos
87	casa comigo?
93	quero ser idiota
97	a falta que a falta faz
101	fogo! um incêndio em plena pandemia

107	confissões das mulheres de 50
113	você já mentiu hoje?
119	homens, empoderem-se
123	a anatomia da alma
129	as três eus
135	amigos jeans e camiseta
139	um trilhão por um triz
145	a casa da vó
149	testosterona X estrogênio
155	vai passar
159	terapias paralelas
167	medo, medinho, medão
171	uma boa ouvinte
175	infelizes felizes
179	o erro formal
185	a história de um amor tóxico
189	sem rima, sem rotina
195	uma d.r. com o tempo
199	desmemoriada, eu?

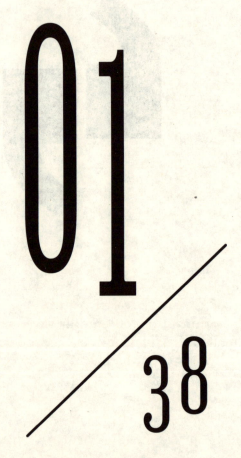

você decide

Chegaram ao quinto andar do Fórum Central em elevadores diferentes, dez minutos antes da hora da audiência. As portas dos elevadores se abriram sincronizadas, seus olhares se encontraram e, com a mesma sincronia dos elevadores, eles se cumprimentaram cordialmente. Era estranho, depois de quinze anos de beijos, agora é aperto de mão frouxo, como se nunca tivessem antes apertado seus corpos. Cada um se sentou em um banco de madeira na frente da sala de audiência ao lado de seu advogado. Ele roía as unhas, ela descascava o esmalte. Ela conteve a sua vontade instintiva e não pediu para ele parar de roer as unhas, *isso já não é mais problema meu*, pensou. Ele reparou que ela estava bronzeada, linda, e sentiu raiva por ela estar tão deslumbrante.

A pauta de audiência estava atrasada e os advogados aproveitaram o tempo para tentar um acordo, deixando os clientes na espera.

Sem ter para onde ir e olhar, eles apelaram para a segurança do celular. Ela tentou redes sociais, notícias, checou os e-mails. Ele organizou o álbum de fotos, em que ela era a protagonista de quase todas; sofreu e fugiu do registro de lembranças felizes para não desabar. Os dedos roídos o levaram para o WhatsApp. E arriscou uma mensagem para ela.

A história, aqui, se bifurca em dois desfechos.

FINAL 1:

Ela visualizou a mensagem. Seu coração pulou. Esperou alguns minutos com uma frieza forçada, e respondeu.

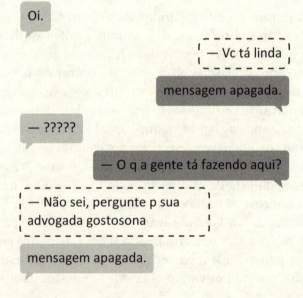

— ???? rs

— Não sei, pergunta p sua advogada.

— To perguntando p vc.

— Que papo é esse agora? Já não tá satisfeito c td o estrago?

— Quero saber qdo vc deixou de gostar de mim, e pq? Eu acho q tenho o direito de saber.

— Vc tem o direito de falar sobre o q VC sente e não concluir o q EU sinto e ainda querer uma explicação.

— Se vc soubesse o qto te amo

mensagem apagada.

— Meus sentimentos nunca mudaram.

Ela não respondeu. Eles se olharam. Ela guardou o celular na bolsa, mas alguns minutos depois ela se rendeu e escreveu.

— Então pq?

— N sei. Só sei q eu n quero + te fazer sofrer. Eu n consigo te fazer feliz, n consigo transmitir o tamanho do meu amor por vc"

— Isso n bate. Você tá indiferente, agressivo, desinteressado. É isso q vc chama de amor?

— Nunca, nenhum dia da minha vida desde q a gente se conheceu, eu fiquei indiferente a vc. Eu juro, pode ser tudo... defesa, insegurança, menos desamor. Rejeitado por vc, sou incapaz de ficar bem. Pode até parecer agressividade, mas tá + p frustração, desespero.

— Isso n faz nenhum sentido.

E a conversa continuou. O atraso do juiz fez com que eles resolvessem os seus próprios atrasos. Teclaram e declararam sentimentos que há tempos não conseguiam verbalizar.

— Ok, isso já é passado. Vamos cair na real.

— Então diz q você n me quer mais.

— Isso n é mais da sua conta. Aliás, para de roer essas unhas, vai ficar em carne viva.

— Vc andou tomando sol nessas 3 últimas semanas sem mim?

— Maquiagem.

— Vc não eh disso.

— Pois é, a gente muda. E maquiagem disfarça rostos abatidos.

— Vambora daqui.

— Vc é louco.

— Sim. Sou louco. Por vc. Vamo!

Ela riu, colocou a mão na cabeça como querendo conter a loucura de seus pensamentos. E respondeu:

— À francesa! Igual a gente faz nas festas chatas.

Os dois se encontraram nas escadas, se beijaram, riram como dois adolescentes irresponsáveis e fugiram igual uma noiva foge da igreja com o buquê na mão sem saber para onde ir. Saíram correndo do Fórum e desembocaram na Praça da Sé, o marco zero da cidade. E aproveitaram para traçar um novo marco zero. Prometeram não passar nenhum dia sem conversar, sem se abraçar e nunca mais serem econômicos no amor, porque quanto mais se gasta no amor, mais ele rende.

Compraram, lá mesmo, no coração da cidade, um novo par de anéis. Duas alianças simples e leves. Era assim que prometeram que seria a sua nova aliança: simples e leve.

Enquanto isso, no quinto andar, a advogada bonitona e o advogado engravatado, sem notar o vazio no banco de madeira, tinham conseguido o melhor acordo de suas carreiras e procuravam entusiasmados seus clientes para dar-lhes a boa notícia.

FINAL 2:

Ela visualizou a notificação da mensagem. Seu coração pulou. Mas era só um "oi", e para ela isso era pouco. Esperou o seu coração se acalmar e não respondeu à mensagem.

Ele tentou de novo.

— N finge q vc não leu minha msg. As 2 setinhas estão azuis. rs

Pronta para esboçar um sorriso e responder, ela foi freada pelo orgulho. Acabou optando por ignorar a mensagem e mergulhar no amargo dos ressentimentos. Ainda assim, no fundo, ela esperava uma terceira tentativa. Dessa vez, ela responderia.

Ele até pensou em insistir mais uma vez, mas desistiu. E começou a endurecer junto com ela. Fez uma força para engolir o amor em seco, na estiagem de sua desesperança.

Ela se grudou nas mágoas internas e uma teia de rancores se formou dentro dela. Fingiu que não era mais amor.

Ele apagou as fotos dela. Roeu as unhas até se machucar.

Doía tudo nele.

Doía tudo nela.

Conforme esperavam pelo chamado do juiz, foram ficando mais duros do que os bancos de madeira em que se sentavam.

Como autor e réu, eles foram apregoados. Escoltados por seus advogados, os dois entraram na sala de audiência.

A porta se fechou.

Você decide qual é o seu final. No final das contas, é sempre você que decide.

02/38

a fuga

"Me dê um abrigo, por favor!"

Ela usava óculos escuros, um chapéu enorme e uma echarpe que cobria quase todo o seu rosto. Olhava com ansiedade para os dois lados, tal qual uma fugitiva. "Muito prazer, sou a Felicidade."

Fui imediatamente seduzida por sua identidade e, sem perguntas, a fiz entrar. Ela se desfez do disfarce, me explicou que era para passar anônima pelas 8 bilhões de pessoas que a perseguiam.

Felicidade estava abatida, pálida, sem brilho e, embora ostentasse um protocolar sorriso na boca, tinha um olhar ansioso. Confesso que fiquei um pouco desapontada quando a vi pessoalmente e de cara lavada. Não que ela não fosse linda, mas sempre imaginei Felicidade vigorosa, bronzeada, poderosa, charmosa, soberana.

Ficamos alguns minutos em silêncio. Enquanto ela se acomodava no sofá, eu organizava minhas emoções provocadas pela inesperada — e sempre esperada — visita daquela estranha conhecida. Trocamos olhares, e eu, confusa, não sabia se retribuía o sorriso de Felicidade, pois, apesar de estar cara a cara com ela, estranhamente eu não tinha vontade de sorrir.

Para quebrar o gelo, ofereci um chocolate quente com biscoitos. "Isso sim é a verdadeira felicidade!", exclamou Felicidade.

Felicidade ficou até mais corada. Mas assim que começou a raciocinar trouxe de volta o sorriso obrigatório que ela estava fadada a carregar. Aproveitei o gancho e arrisquei: "Esquece esse sorriso, relaxa. Estamos aqui só você e eu. Pode tirar os sapatos e colocar os pés na mesa."

"Estou exausta", começou ela. E desandou a falar. Contou-me que todos a desejavam sem sequer saber quem ela era de verdade, nem mesmo se ela realmente existia. Desejavam-na, mesmo sabendo que nunca a teriam por completo, talvez justamente por essa razão.

"Me entregam listas intermináveis de pedidos. Me cobram dinheiro, família, saúde, amigos, liberdade, viagens, vinganças, paixões, comidas, troféus, beleza, prazeres. Se dou dinheiro, querem mais. Se dou chocolates, querem magreza. Se dou liberdade, me pedem socorro. Se dou beleza, a querem para sempre. Percebe meu papel ingrato? Nunca vou caber nas pessoas se elas não entenderem que não sou uma causa, um fim. Rezo diariamente para as pessoas encontrarem a Paz, quem sabe assim elas me deixam um pouco em paz. Porque a Paz é maior do que eu e, no entanto, ela está quieta e tranquila no seu canto meditando, enquanto as pessoas brigam e se quebram por minha causa."

Expliquei que é humano buscar a felicidade e que não damos nenhum passo na vida sem tê-la no horizonte.

"O que escapa saber é que não existe *ser* feliz, existe sim *estar* feliz. Falta-lhes dominar a sabedoria de conseguir *ser* feliz com esse *estar* feliz", sentenciou ela. E prosseguiu: "Acontece que algo dentro de vocês deseja prolongar os prazeres e perpetuar o sentimento de felicidade. O *everlasting* do contentamento pleno. O êxtase sem fim."

Segundo Felicidade, esse contentamento, onipresente, em alto volume nos nossos ouvidos nos ensurdeceria, assim como a luz sem trégua feriria nossas retinas. "Quem suportaria apenas sorrir, apenas ganhar? Como nasceriam os seus novos desejos, se tudo acontecesse de acordo com os seus quereres?"

Ouvi atentamente seu desabafo e cheguei a sentir pena da Felicidade. Não deve ser fácil ser ela. Por outro lado, conhecendo-a mais de perto fiquei encantada, percebi como sua essência era leve, simples, despretensiosa, bem-humorada. Naturalmente bela, sem precisar de exagero nem de maquiagem.

Ficamos juntas sem pausas até o anoitecer, e apesar das boas risadas e das conversas gostosas, um dia inteiro, só eu e a Felicidade, me exauriu; não conseguiria dormir com aquele contentamento todo plugado em mim. Minha felicidade precisava de repouso, para que a vida acontecesse no dia seguinte.

Inventei uma desculpa qualquer e quando nos despedimos a fiz prometer que voltaria de tempos em tempos. Antes de partir, Felicidade me agradeceu pelos biscoitos, pelo pé na mesa, enfim, pela trégua de sua própria felicidade. Vestiu o disfarce e se foi, para procurar outro abrigo.

03/38

todos os signos em um dia

Nasci com o Sol em escorpião. Dizem que somos intensos, vingativos, críticos, sombrios, obcecados, manipuladores, cruéis, possessivos. Meu ascendente também é escorpião, não sei se isso piora ou melhora a minha situação.

Dizem, também, que gostamos da noite. Confere. Gosto da noite, não pelo seu mistério e profundeza, mas por um glamour menor: simplesmente pela preguiça de dormir cedo. Entrego-me, irresponsável e escorpianamente, aos filmes, livros e principalmente ao nada, só pelo prazer de estar acordada no silêncio que só a noite consegue me conceder.

Acontece que tem o dia seguinte. E o despertador toca às 6h29. Virginiana, levanto-me pontualmente às 6h30. Sigo o ritual diário, na mesma ordem de todas as manhãs. Tomo o comprimido matinal, visto os chinelos, coloco a porção de pasta de dente exatamente no centro da escova, leio o jornal de trás para frente e o dobro, deixando-o como se não tivesse sido tocado. No café da manhã, uma faca para a manteiga e outra para o queijo, não admito nenhuma migalha de pão na toalha da mesa. Termino o desjejum tomando minhas vitaminas de A a Z, nessa ordem.

Antes de começar o dia, mesmo forçando a minha vontade, vou à musculação e às compras para logo me livrar. É quando o meu capricórnio age, disciplinado como ele só. Na academia, sou de poucas palavras, coloco o fone de ouvido e mergulho na minha *playlist*, o que me poupa de conversas inúteis. Cumpro e compro — os exercícios e a lista do supermercado — com precisão e economia. Nenhum suor a menos, nenhum centavo a mais.

A eu, leonina, me ordena a voltar imediatamente para casa antes que alguém me veja descabelada na rua. Depois do banho, cuido dos cabelos, hidrato a pele, disfarço as olheiras com maquiagem, checo os *likes* da última postagem e, nos dias favoráveis, mando *selfies* para as amigas. Olho-me no espelho satisfeita com a minha juba, até que meus olhos encontram uma nova ruga no rosto. Pânico, óculos escuros e dermatologista urgente.

Entro no closet geminiana. Fico na dúvida se será um dia quente ou frio. Talvez meia-estação. Não sei se vou de saia azul ou vestido verde. Escolho o macacão branco. Visto o macacão, só que o preto. Mas mudo de ideia: hoje é dia da camisa rosa, definitivamente. Ou não?

Assusto-me com a taurina que interrompe esse falatório sem fim, que chega para me avisar, sem melindres, que o relógio não espera. Ela insiste, teimosamente, para escolher qualquer roupa e usar a objetividade que a vida exige. Faço uma análise lógica e pego uma roupa funcional, sem olhar para trás, pois sei que nada nesse mundo me fará mudar de ideia.

No caminho para o trabalho, como boa canceriana, ligo para os meus pais, meu irmão e outros membros da família para desejar-lhes um excelente dia. Despeço-me com um até já, com a intenção de ligar novamente mais tarde, para desejar uma excelente noite. Isto é, se o meu bom humor se mantiver até lá, entre as mil oscilações que ele sofrerá durante o dia.

No escritório, todos sabem que sou aquariana. Toco os meus projetos com uma independência irritante, sempre em busca de soluções inovadoras e abordagens não convencionais. Desentendo-me com colegas que pensam pequeno e têm preguiça de usar a criatividade. Estabeleço minha própria carga horária e estou zero preocupada se olham torto para mim quando eu pego minha bolsa e saio.

Almoço com as minhas amigas. Todas piscianas, assim como eu. É só olhar uma para a cara da outra para sentir quem está bem e quem não está. Rimos e choramos juntas. Abrimos nossos corações, sofremos uma pela outra, fazemos emocionados pactos de amizade e trocamos conselhos. Despedimo-nos, já saudosas, sofrendo só de pensar que o próximo encontro será na semana seguinte.

Dramas à parte, hora de encarar a realidade. Se eu não fosse ariana, me perderia entre as várias obrigações que o fim de tarde ainda me exige. Busco os filhos na escola, com uma mão dou o lanchinho preferido e com a outra exijo o boletim. Distribuo-os para suas respectivas atividades e tenho tempo ainda para checar meu extrato, brigar com o gerente, decidir o jantar e ligar para o escritório para fazer as últimas deliberações, sem paciência para muitas perguntas.

Chega a noite, e com ela chego eu, sagitariana. Reservo uma hora para me divertir com séries leves, para depois mergulhar na leitura dos meus quatro livros de cabeceira inacabados, de romances fáceis a filosofias. Faço planos para a próxima viagem--aventura, pratico minha meditação, aguço minha intuição e parto para as minhas viagens mentais.

Encerro o dia em paz e equilibrada, com tudo a que uma libriana tem direito. Converso com a família pacificamente, analiso com equidade as demandas levantadas e apaziguo as desavenças, determinando, no fim, os limites de cada um.

De madrugada, sonho todos os sonhos que minha personalidade multifacetada me permite viver.

Como vê, não sou tudo o que se espera de uma escorpiana.

04/38

enquanto isso...

...tem alguém tomando chá, jantando sushi, comendo acarajé, Big Mac, cobra, pizza com massa grosa, pizza com massa fina, jaca, medialunas.

Enquanto isso, tem alguém com fome, que come qualquer coisa que encontra no lixo de quem come.

Tem gente vendo o sol e gente vendo a lua. Um acorda, outro veste o pijama, outro coloca a gravata, outro tira a bota, outro calça as havaianas, outro passa batom.

Enquanto isso, tem gente que tanto faz dia ou noite. A mesma roupa, o mesmo cenário, a mesma função de, outra vez, não ter nenhuma função.

Tem gente acordando, sonhando, tendo pesadelo, fazendo xixi na cama, transando, assistindo a uma série, meditando, debaixo do cobertor, na praia, no ar-condicionado.

Enquanto isso, tem gente dormindo profundo no chão duro e gente com insônia sobre as molas do colchão.

Tem gente carimbando, colocando clips, digitando, assinando, tecendo, falando mal do patrão, corrompendo, criando, julgando, furando papel, furando parede, furando fila. Tem uns esperando o trem, outros esperando um aumento.

Enquanto isso, tem gente esperando dignidade, defendendo-se com as esmolas que recebem dos que têm para onde voltar.

Tem alguém agora fazendo acupuntura, se casando, pulando corda, brigando no trânsito, vendendo algodão-doce, saltando de paraquedas, recolhendo cocô de cachorro, entrando num avião, tirando RG, brigando, beijando: filho, amigo, pai, amante, troféu.

Enquanto isso, tem homens e mulheres no respirador, fazendo um esforço sobre-humano para simplesmente conseguir ar. O mesmo ar que é de graça para você e para mim.

Tem alguém matando, alguém curando, alguém nascendo. Tem alguém se balançando na rede, curtindo a vida, e tem alguém preso nas redes.

Enquanto isso, tem alguém indiferente, matando a própria vida desistida.

Você pode agora estar na Capadócia, na maternidade, tocando um instrumento, provando um chapéu, tirando um cisco do olho, comendo aspargos. Enquanto você lê, eu posso estar bocejando, escrevendo, queimando a mão, cantando no chuveiro. A única certeza é que no meu agora e no seu agora, estamos ambos aqui, juntos, por alguns minutos. Todo o resto é incerto.

Enquanto isso, a vida finge que é certa, previsível, garantida. Pois é o único jeito que dá para a gente viver eternamente enquanto a vida dura.

Alguns estão levando, outros estão buscando, outros esquecidos num canto esperando ser lembrados. Tem gente cheirando a sono, hortelã, fritura, mexerica, suor, perfume, alho, chulé. Tem gente esticando o rosto, idealizando, invejando, sonhando com o diferente.

Enquanto isso, tem gente esquecida, cheirando cola, coca, fugindo de si mesma, sonhando com o igual dos outros.

No metrô, um adormece, um rouba, um toca sax, um passa rodo no chão, um anuncia a estação, um perde a bolsa, o celular, o juízo, a hora. Ele sobe a escada rolante, ela desce. Por um segundo o tempo para: os olhares se cruzam, para talvez, um dia, se encontrarem de novo, em outra estação da vida.

Enquanto isso, tem gente se despedindo, para nunca mais.

Nesse instante muitos choram. De tristeza, medo, alegria, cebola.

Nesse instante muitos riem. De alegria, piada, nervoso, vergonha.

Tem crianças dormindo no carro, vomitando, brincando. Tem uma criança no carro fazendo careta para um motoqueiro pela janela. Tem um motoqueiro que devolve a careta de uma criança. Tem uma criança e um motoqueiro sorrindo, cúmplices por alguns segundos, que valem por milhões de segundos.

Enquanto isso, tem alguém de mau humor, escolhendo ser chato, fazendo careta para o espelho e recebendo a careta de volta.

Tem alguém estudando astronomia, um mais um, geografia, biologia, culinária, direito, cinema, medicina, filosofia. E tem gente aprendendo. Estudar pode ter fim, aprender não.

Não sei se é verdade que quando uma borboleta bate as asas de um lado do mundo, do outro, um tufão acontece.

Mas acredito que as vidas, não por acaso, se cruzam, se entrelaçam, nessa infinidade de possibilidades e interações que nunca cessam. Cada um no seu mundo criado só para si, dentro de um mundo criado para todos os mundos.

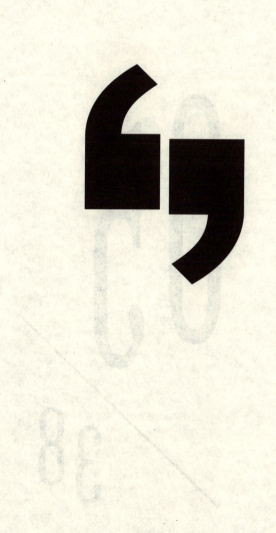

05/38

a insustentável leveza de um dia sem problemas

Se você está lendo isso agora, tudo indica que você acordou hoje. Agradeça.

E, se acordou sem dor, maravilha! Lombar, pés, pescoço, maxilar, ombro, ouvido, cabeça, ísquios, juntas, ligamentos, tendões. Não faltam possibilidades. Nenhum olho vermelho, tersol, conjuntivite? Gengivite, rinite, colite, labirintite, dermatite? Nem picada de pernilongo? Você é uma pessoa de sorte.

Você escolhe uma roupa (que bom que ela ainda lhe serve) e vai tomar seu café da manhã (apetite: sinal de saúde), mas você abre o pacote do pão integral orgânico de abóbora e... bomba! Vê que está mofado. Sem pão, você não tem outra alternativa senão comer brioches.

Pega o jornal como ritualmente faz (já parou para pensar que perfeição é ter o jornal te esperando todas as manhãs, sem ter que ir à banca para comprar?) e com tantas notícias ruins que lê, você se lamenta por algumas e se revolta por outras. Reclama do país e já solta um palavrão às 7 horas da manhã. Mas o que temos para hoje: não tem greve dos metroviários, caminhoneiros ou professores, nem previsão de temporal. Você pensa, *pelo menos está tudo funcionando como deveria*. (Entre nós: quem mesmo lhe deve isso?)

Você sai de casa e o elevador está parado no 13º andar. *Só me faltava essa*, você pensa. Dá duas batidinhas na porta do elevador e o vizinho segura mais trinta segundos, uma eternidade, já que quem segura é ele e não você. Começa a se irritar, mas os números dos andares começam a se mover. Tenta se recompor da raiva, força um sorriso, e enfim o elevador chega depois de subir para o último andar e voltar. Sem o vizinho. Que sorte, você descongela o sorriso e relaxa. Melhor assim, sem sorriso nem conversa.

Atrasado para a reunião, você avança dois faróis vermelhos e exagera na velocidade. Não bate o carro, não atropela ninguém e não é multado. Você é um felizardo, acaba de se livrar de um gasto astronômico e de um processo-crime.

Achando-se o maior dos azarados por não encontrar vaga na rua, você se vê obrigado a procurar um estacionamento. Lá, você encontra quem? O anfitrião da reunião. Ambos usam a mesma mentira para justificar o atraso: "Que trânsito, não?" Caminham juntos até o escritório enquanto quebram o gelo e chegam já íntimos à sala de reunião, o que impressiona os outros participantes. Sete a um para você.

Chegando ao estacionamento para retirar o carro, o ticket registra: permanência de duas horas e três minutos. *Poxa*, você pensa, *por três minutos, hoje definitivamente não é o meu dia*. E logo vê a placa "Tolerância 5 minutos". Esses dois minutos te fazem a pessoa mais feliz do mundo. Mas essa alegria logo passa assim que você procura pelo próximo problema.

Meio da tarde. Nenhuma bolha nos pés, wi-fi ok, sem afta na boca, ninguém pediu aumento, não deu nenhuma mancada, nenhuma ligação da escola dos filhos, não sujou a camisa com shoyu, sua unha do pé não encravou, não queimou a língua com café, o papel higiênico não terminou na sua vez, a sola do sapato não descolou, o zíper da calça não enganchou, não tropeçou, seu cartão de crédito não foi clonado, a maçã não estava podre por dentro. Faça uma festa interna.

Ligações, prazos a cumprir, contas a pagar. Você bufa e reclama, quanta coisa ainda tenho para resolver. Oh, Céus, que dia! Saiba que "tenho coisas", "ainda" e "para resolver" são bênçãos. Jogue suas mãos para os Céus e diga amém.

Fim do dia. Nada de terrível aconteceu. Êxito! Considere isso um milagre.

Na volta para casa você passa num supermercado para comprar o pão integral orgânico de abóbora para não passar pelo mesmo transtorno matinal no dia seguinte. Mas só encontra pão integral de cenoura e, para piorar, não é orgânico. Um absurdo. Você faz a bobagem de ligar para a esposa perguntando se ela precisa de alguma coisa e recebe uma lista enorme. Compra tudo errado, entra irritado no carro e deixa seu celular cair na fresta entre o seu banco e o console. Você tenta pegar com a mão, mesmo cansado de saber que ela não cabe no espaço. Nervos à flor da pele. Depois de esmagar sua mão, você lembra que era só jogar o banco um pouco para frente e, sem nenhum esforço, pegar o celular.

Cansado e com a mão dolorida, você chega em casa e tudo o que mais quer é se largar no sofá, ficar em silêncio, sozinho. Só que os filhos correm em sua direção, se penduram, pedem, reclamam, deduram, se socam, berram. *Socorro!*, seu pensamento grita. Mesmo contrariado, você ri da piada de um, se orgulha das notas do outro. Está cansadinho? Calma que tem esse segundo round para detonar você.

Começam, então, os problemas domésticos. E não são pequenos. A água com gás que não faz mais o barulhinho do gás, a toalha molhada na pia, o pouco sal na comida, a pilha fraca do controle remoto, a fronha do travesseiro amassada, o fio do carregador enrolado cheio de nós, o pijama de manga curta que foi parar na gaveta dos pijamas de mangas longas.

Depois de um dia com tantos problemas, você cai na cama. Ronca alto. Mas isso já não é mais problema seu.

Ser feliz cansa mesmo.

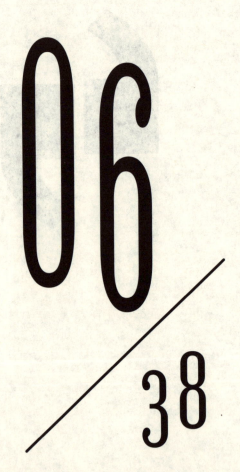

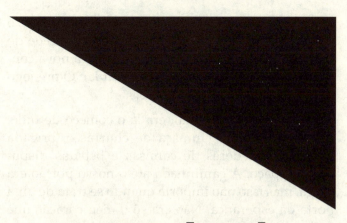

a segunda pele

Dizem que todo grande amor começa com uma paixão. Foi assim que começou a minha história de amor. A paixão aconteceu rápido, o amor demorou um pouco mais para eu descobrir. Vivemos dias quentes de paixão até que o impiedoso "fim de férias" chegou para nos lembrar de que a vida não é só feita de verões. Não trocamos telefones para não estragar a magia do encontro casual. Se fosse para acontecer de novo, o destino se encarregaria do nosso reencontro.

Torcedor fervoroso, ele não perdia nenhuma partida do seu time, fosse onde fosse. Esperei o primeiro jogo e resolvi assumir o papel de destino, num domingo de clássico. Parti com duas amigas para o estádio. Era um metrô diferente, mais gente do que robôs. Pessoas que se olhavam, gentis, animadas, unidas pelas cores da camisa. A cada estação, o alvoroço aumentava. Uns batucavam na parede do metrô, outros falavam sem parar sobre a nova contratação, poucos olhavam para o celular. O pré-jogo já começava lá, no subterrâneo.

Itaquera, estação final: era lá o começo de tudo. Empurra-empurra, fumaça de churrasco, brigada militar, vendedores de camisas e bebidas disputando espaço. A caminhada até o nosso portão era longa, mas isso não importa quando se trata de uma porta da esperança. Não era só o meu coração que batia mais forte, no mesmo compasso batiam outros 50 mil, cada um com suas histórias e expectativas que seriam depositadas nos 90 minutos que viriam, dentro do santuário que era aquela arena.

O som que vinha do estádio se movimentava em ondas como uma ventania, e só se acalmava para ganhar fôlego e voltar com uma força renovada. Com as pipocas e os binóculos nas mãos, nos sentamos nos nossos assentos para traçar a estratégia da caça do meu carioca. Ficamos alguns minutos em silêncio absorvendo o barulho desordenado da torcida. Deixamo-nos contagiar. Não era só o som, eram cores, cheiros, peles, todos os sentidos condensados, numa energia que a física não explica. Esse foi o primeiro sinal.

Começou o jogo. A partida não podia ficar no zero a zero. Arrancamos do Oeste Inferior pela lateral e atacamos pela esquerda em direção à pequena área vermelha e preta do estádio. Driblamos os torcedores, escapamos pelo meio e seguimos em direção ao nosso gol. Com uma finta aqui, uma carretilha ali, vencemos barreiras humanas. De repente, gritos vindos da garganta anunciam um gol. Alguns segundos depois, gritos vindos de fígados anunciam o não gol: impedimento marcado. Juntamo-nos ao silêncio ensurdecedor do estádio até vir o veredito do VAR: impedimento mantido. Palavrões sem cerimônia são dirigidos ao bandeirinha e às bandeironas tremulantes do time adversário. A cada passo que dávamos, nossa meta inicial se evaporava na efervescência do estádio. Fomos abduzidas pela combinação perfeita do jogo-torcida e colocamos o meu flamenguista no banco de reserva, para depois expulsá-lo definitivamente de campo.

Minha paixão mudou de rota e levou minhas amigas junto comigo nesse poliamor. O mundo era só nós três e o bando de loucos. O melhor da sedução acontecia lá. A visão das pernas dos jogadores por entre os braços erguidos dos torcedores; a bola sendo disputada como uma mulher que nunca se deixa controlar.

Corpos suados no campo, corpos suados nas arquibancadas.

Outra explosão. O gol fez tudo trepidar. Meu impulso quis rever o lance no telão, mas lá não era lugar para replays. Porque no estádio cada lance é precioso, para ser vivido, ao vivo, como a vida deve ser.

E foi lá, no 1 a 0 do Clássico das Nações, que meu jogo começou. Foi lá, onde uma paixão de verão bateu na trave e se transformou em um amor eterno: a camisa 12. Minha segunda pele.

07/38

cheiros

Todas as sextas-feiras em casa tinham cheiro de sexta-feira. Era dia de comida especial, dava para sentir do primeiro andar do prédio. Meu irmão e eu tentávamos adivinhar, com os olhos fechados e as narinas bem abertas, a sobremesa surpresa que viria. É o cheiro mais remoto e reconfortante que guardo comigo.

Tem cheiros ruins que são bons. A naftalina das roupas de inverno do meu avô, por exemplo, era puro perfume. Cheiro de dinheiro também é ruim, mas é ótimo. Cheiro de cigarro impregnado no cabelo depois de uma festa é horrível, mas é uma delícia.

Açúcar não tem cheiro e é doce, já café tem cheiro bom e é amargo. Dama-da-noite exala um perfume, mas só de noite. Cada comida tem o seu cheiro. Se frita tem um, se cozida, tem outro. Cheiros, então, são relativos? Será que o meu cheiro de grama é igual ao seu cheiro de grama? Isso é algo que sempre me questionei, e nunca vou descobrir. São provas de que o olfato é um sentido que não faz sentido. Sim, porque cheiros são pura emoção, e não é à toa que no nosso cérebro o sistema olfativo é vizinho de porta do nosso laboratório de emoções, o sistema límbico.

Cada pessoa tem um cheiro. Não falo de perfume ou suor, refiro-me a um odor essencial, que os poros tiram das profundezas e exalam pela pele. Algo como a personalidade olfativa.

Contudo, apesar de emotivas, nossas narinas não são empáticas. Adaptamo-nos aos nossos próprios cheiros ruins, há até quem sinta prazer com os próprios fedores, mas quando o cheiro é dos outros, socorro, somos implacáveis.

Tem cheiros que não existem mais. Cheiro de mimeógrafos, que na verdade é de estêncil, que na verdade é de álcool. Quem fez prova mimeografada na escola nunca esquece esse cheiro de medo. As provas de hoje, inodoras, não carregam essa carga dramática que uma prova trimestral merece.

Outro cheiro em extinção é o de lojas de vinil. Como eu gostava daquele cheiro de música. Depois veio o CD, que não tem cheiro nenhum. O que dizer então dos aplicativos de músicas? Hoje, quase tudo que a gente usa, vê e ouve tem cheiro de celular. Cheiro de nada.

Em contrapartida, surgiram aromas novos que na minha infância não existiam. Praça de alimentação. Tanto faz onde, cheiro de praça de alimentação é sempre o mesmo. Uma mistura de carne, com papelão da caixa do sanduíche, com peixe cru, com o metal dos talheres, com casquinha de sorvete. É tanto cheiro junto que tira a vontade de comer. Melhor é o cheiro de livraria, que abre o apetite e faz as letras penetrarem pelas narinas.

Quem nunca caiu na armadilha do marketing olfativo? Tem fragrâncias tão sedutoras em algumas lojas de roupas que fazem a gente querer ficar mais, provar mais, comprar mais. É o poder hipnótico dos cheiros.

Cheiros também dão cria. Eles provocam atração e dão o empurrão final para o acasalamento dos animais, incluindo os racionais. Cheiro de fogueira: primeiro beijo. Cheiro de praia: saúde. Cheiro de jornal: necessário. Cheiro de bebê: paraíso. Cheiro de asfalto: tosse. Cheiro de gasolina: inebriante. Cheiro de avião: expectativa. Cheiro de cabeleireiro: fofocas. Cheiro de cerveja: faculdade. Cheiro de pastel: feira. Cheiro de carro novo: cuidado. Cheiro de pipoca: filme.

Cheiros não podem ser fotografados nem documentados, embora sejam palpáveis sem a gente precisar tocar. Através dos cheiros a gente ouve, sente, vê. E fala: porque cheiro não é só o que entra, é também o que sai. Medo, raiva, desejo, estresse, tudo isso tem cheiro.

Cheiros provocam emoções. E emoções provocam cheiros. Acontece que o cheiro original das nossas sextas-feiras vai mudando quando a gente vai crescendo. Com o tempo, passam a ter essência de festa, viagem, faculdade, amigos, liberdade. E eles continuam se transformando e mudam tanto, até resgatar o original das sextas-feiras, aquele que a gente consegue sentir do primeiro andar, agora através dos nossos filhos.

Os cheiros ficam, somos nós que mudamos.

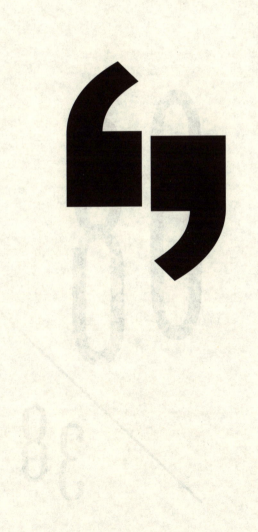

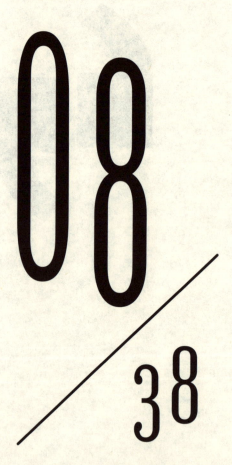

caos e amor

— Uma semana sem briga! — ela propôs.

Ele, automaticamente, pensou: *Lá vem ela de novo*, mas antes de ser tomado pela impaciência, sentiu pelo seu tom de voz que não se tratava de um pedido banal, vinha de um lugar mais profundo, de um cansaço.

— Combinado, nenhuma briga.

E ela pensou: *que ótimo, é só ele fazer a parte dele que a gente fica bem, é sempre ele que começa as brigas,* mas olhou bem para os olhos dele e, enxergando uma sinceridade, resolveu também fazer a sua parte.

Ambos consideraram o desafio difícil. Eles, que sempre acreditaram que o relacionamento entre duas pessoas tinha que fluir naturalmente, que não era bom guardar raiva, que regras são boas para escolas, empresas e países, não para duas pessoas que se gostam, mesmo porque o trato já havia sido selado e o clima entre eles não estava lá essas coisas, fariam um esforço. Uma semana não era tanto tempo assim.

Começam os testes. Nenhuma novidade, situações se repetiam no cotidiano, que geravam as mesmas reações, desencadeando as mesmas respostas para as reações, que acabavam instaurando o clima de embate, até eles não saberem mais o motivo do primeiro gatilho. Dessa vez, porém, estavam atentos e foram mais espertos do que as armadilhas. Engoliram algumas raivas, e sem perceber, elas se dissolveram como se nunca tivessem existido.

No primeiro dia, ele chegou do trabalho com cara de quem voltou de uma guerra perdida, o que sempre a irritou profundamente. Mas ela se controlou: não criticou, não cobrou ânimo, simplesmente abriu um espaço para ele se ensimesmar. Sem demora, ele saiu da toca com um sorriso livre e uma vontade genuína de estar junto.

Ela falou sem parar do seu novo projeto, reclamou da comida, do seu colega de trabalho, da sua bursite, da cortina rasgada da sala (coisas que não o interessam), tudo ao mesmo tempo (coisa que o enlouquece). Mas ele não ficou mudo, dessa vez, ouviu atentamente cada palavra, validou suas queixas e respondeu com calma e sensatez a cada uma de suas demandas. Até que ela percebeu que a comida não era tão ruim assim e reconheceu que rasgada, rasgada mesmo, a cortina não estava, "deixa pra lá, é só um furinho de nada", assumiu.

E assim se passaram os dias. Com uma tolerância zero para brigas, lentamente resgatou-se o prazer da paz. Sentiram mais as dores do outro, e isso fez com que as próprias dores diminuíssem.

Sem resmungar, ele aprendeu a tirar a toalha molhada que ela displicentemente deixava todos os dias sobre a cama. Ela conseguiu deixar o controle remoto na mão dele sem reclamar das suas zapeadas esquizofrênicas pelos canais. Ele não palpitou quando ela, achando que sabia mais do que o Waze, errou cinco vezes o caminho. Ela levou a sério a gravidade do resfriadinho dele e o paparicou tanto, mas tanto, que até ele desistiu de sua doença.

E naturalmente, sem deixar a rotina despreparada os dominar, eles começaram a rir mais um do outro. Rindo mais do outro, riram mais de si mesmos. E, paradoxalmente, quanto mais conseguiam se policiar, mais fluía a relação. A vontade de namorar todos os dias voltou.

Passada uma semana, eles cogitaram fazer de novo. Mas o medo de não conseguirem e de provocarem um retrocesso era tão grande quanto a vontade de apostar. A coragem venceu e eles traçaram uma nova meta, agora mais ousada.

— Mais duas semanas?

— Duas semanas. Nem briguinha boba.

Eles mantiveram as conquistas da semana anterior e avançaram novos territórios, agora mais profundos. A paz abriu caminho para que sentimentos ocultos migrassem para a pele. Lembraram-se do quanto se amavam, como se isso estivesse sempre óbvio, e reiteraram a escolha um pelo outro.

A magia "paz e amor" reinou por mais duas semanas. Eles sabiam, porém, que não se arrisca tanto em apostas. Quando chegaram à data final, nenhum dos dois propôs nada, ao mesmo tempo que, finalmente, entenderam que brigar ou não brigar era, sim, uma questão de escolha.

— Foi ótimo, amor. Tá vendo que é só você fazer a sua parte?

— Como assim? Eu sempre faço a minha parte! Foi você que parou de reclamar, de me cobrar, me tratou bem...

— Ora essa, eu sempre te trato bem. Mesmo você sendo tão egoísta, egocêntrico, que vive calado, e ainda por cima parece um neurótico que fica passando os canais a noite inteira e quando dá uma espirradinha acha que vai morrer.

— Para de falar tudo ao mesmo tempo, você sabe o quanto isso me irrita. E agradeça que eu tirei as suas toalhas molhadas da nossa cama, aguentei você falar seis horas seguidas do seu projeto, da cortina, da tendinite...

— Bursite! Tá vendo como você não tá nem aí para mim?

Os nervos foram se inflamando e o equilíbrio que tinha sido cuidadosamente construído durante três semanas desmoronou em poucos minutos.

Acontece que, no fundo, no fundo, os dois até que ficaram aliviados da perfeição que reinou sobre eles durante esses dias tão felizes. Estava bom demais. Assim, veio a contraproposta:

— Amor, três semanas de caos?

— Fechado, com uma cortina nova para a sala.

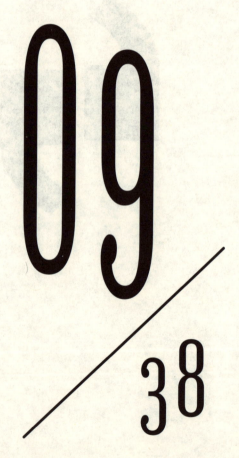

O antimanual do casamento

Nota explicativa: O presente antimanual é destinado a todos os gêneros. A forma masculina utilizada refere-se à palavra "cônjuge" e não se limita ao gênero masculino. O termo "casamento" se aplica para casados, juntados, namorados, companheiros ou qualquer outro relacionamento a dois... ou a três.

A dica de ouro: Deposite no seu cônjuge a responsabilidade pela sua felicidade. Afinal, se ele conseguiu se casar com você, automaticamente assumiu o encargo de te fazer feliz para sempre. Essa é a base de uma união saudável.

Crie muitas expectativas. Espere muito do seu cônjuge. Ele lhe deve o mundo.

Não aceite mudanças. Você o escolheu pelo que ele é. Qualquer transformação ulterior — que não seja a sua própria mudança — é uma traição.

Evite ser repetitivo. Não insista em dizer o quanto você gosta dele, não elogie, não diga que ele está bonito, nem enalteça os seus atos. Você já declarou o seu amor uma vez? Então pronto, é o suficiente. Ser repetitivo é ser prolixo, isso sufoca o parceiro.

Valorize a rotina. Faça tudo conforme previsto, não surpreenda. Vista-se com suas piores roupas em casa, ninguém vai ver mesmo. Não se cuide. Não cuide do outro. Durma com o rosto coberto de Hipoglós, seu cônjuge não vai se importar em dormir com essa sua última imagem do dia.

Fale mal da família dele. Critique sua mãe, e quando ele menos esperar, diga que ele é igualzinho a ela.

Nunca telefone no meio do dia, nem mande mensagens carinhosas. Uma coisa é trabalho e compromissos diários, outra coisa é vida conjugal. Mas não hesite em ligar para falar sobre problemas, essa é a única exceção.

Não se incomode com a insegurança do seu cônjuge. Deixe-o sempre com a pulga atrás da orelha: nada de muitas explicações, não avise quando irá se atrasar, provoque ciúmes, não o inclua no seu ambiente social. Ele não pode nunca saber que o jogo está ganho. Esse é o charme do relacionamento amoroso.

Sejam competitivos entre si. Isso é motivador, faz o outro crescer.

Fique entretido nas redes sociais e nos joguinhos à noite e nos horários nobres do casal. Conversar, rir e namorar pode ficar para depois, vocês terão tempo para isso. Já os joguinhos não esperam.

Generalize, use bastante as expressões "você sempre" e "você nunca" quando estiverem discutindo. Quem sabe ele se toca que quem tem sempre a razão é você.

Dê total atenção aos filhos, seja pai/mãe 24 horas por dia, deixe-os dormirem na sua cama sempre que quiserem, dispense momentos de privacidade. Não tenha chaves no quarto. Ter uma vida aberta e totalmente livre, sem barreiras, é saudável até para os filhos.

Nos dias de TPM ou tensões afins descarregue todas as suas angústias no seu cônjuge. O autocontrole deve ser reservado para pessoas com quem temos menos intimidade.

Mostre suas estrias e verrugas para seu companheiro, revele cada detalhe de suas imperfeições, exponha, com uma lente de aumento, seus defeitos e fraquezas.

Faça o número dois com a porta aberta. Se ele gosta de você, vai gostar como você é de qualquer jeito.

Homens, não papariquem, não comprem presentes à toa, não deem flores, e se caírem nessa roubada, não escrevam cartões. Não acostumem mal a mulher, porque se vocês derem o dedo, elas vão querer a mão. Por falar em dedo, nada de anéis de ouro, brilhante, diamante, não alimente a futilidade de sua amada. Isso, sim, é um ato de amor.

Mulheres, não se esqueçam de perguntar para o marido se vocês estão gordas. Se ele negar, insistam, se mostrem pelos ângulos que menos lhes favorecem. E quando ele concordar, não aceitem a petulância de serem chamadas de gorda. Falem muito, tagarelem. Narrem com detalhes a qualidade do broto de alfafa, fale sobre bolsas, maquiagem, problemas com a faxineira. Homens adoram esses assuntos.

Para casais que estão juntos há mais de dez anos, beijos só na testa. Beijar na boca é bobagem, coisa de adolescentes. O amor maduro transcende esse desejo físico.

Lave roupa suja em público. Reuniões de amigos e família, por exemplo, são ideais para expor problemas conjugais. Transmita recados indiretos para o seu cônjuge através de amigos. É um bom caminho para a paz. É também recomendável, em momentos de crise, relembrar seus antigos relacionamentos e de como você era mais valorizado. Permita que a sua imaginação colora as suas memórias com lembranças incríveis e aproveite para mandar uma inocente mensagem de "oi" para o ex. Como amigo, é claro.

Seja desconfiado sempre. Siga, *stalkeie*, confira o celular na madrugada, mexa nos bolsos das camisas, cheire o pescoço, inquira, vigie. Seja um verdadeiro detetive.

Cada vez que o seu cônjuge errar ou fizer algo que não lhe agrade, puna-o. Relacionamentos funcionam como adestramentos. Não diga obrigado nem por favor, apenas o condicione a lhe servir.

Evitem dançar, se divertir, compartilhar ideias. Não filosofem, não se permitam fazer aventuras, não brinquem, afinal casamento é coisa séria.

Critique, acuse, reclame, cobre, demande, ressalte o que falta no outro. É um ato altruísta, para o seu cônjuge se conhecer melhor.

Acumule assuntos mal resolvidos debaixo do tapete. Durma com mágoa e acorde com raiva. Isso fará bem não só para o casal, como também para o seu fígado.

Compare seu cônjuge aos maridos e às esposas de seus amigos e não se esqueça de enfatizar o quanto seu amigo é feliz.

Qualquer discordância merece uma briga. E quando não chegarem a um consenso em que a sua posição prevaleça, grite. Elevar a voz é sempre um ótimo recurso, fará com que o outro o ouça melhor. Pode apostar.

Não tenha vida própria, entregue-se totalmente ao outro, confunda suas identidades. Isso sim é o verdadeiro romantismo.

"Amor é tudo o que dissemos que não era"
— Charles Bukowski

10/38

página um

Nada como um domingo para colocar a leitura em dia. Pego o livro, me recosto na poltrona e ajusto a melhor luz. Que maravilha. Onde eu parei mesmo? Retrocedo duas páginas do marcador para retomar a história. O WhatsApp faz vibrar meu celular. Tento ignorar, mas é do grupo da família, vai que é alguma coisa importante. Nada de importante, como sempre, só um vídeo. Volto para a leitura. A curiosidade me chama para um clique no vídeo, vai que é alguma coisa interessante. Nada de interessante, como sempre.

Retrocedo mais uma página para retomar a retomada da história. Toca o sino da igreja. Já meio-dia? *Vou rapidinho à cozinha para organizar o almoço e volto já para meu livro.* No caminho me deparo com os meninos se socando no corredor. Separo a luta e os levo para o quarto pelas orelhas. "Que chiqueiro é esse? Quinze minutos para você arrumarem o quarto, senão adeus jogos eletrônicos."

Indo para a cozinha, passo pelo meu computador justo na hora em que ele emite um sinal sonoro. *Só uma olhadinha na caixa de entrada e já vou para a cozinha, vai que é alguma coisa importante.* Mas não é. E já que estou lá, me sento para conferir os outros e-mails: 90% são promoções e ofertas, 5% são confirmações de compras — um para o recebimento do pedido, outro para a aprovação do pagamento, outro para a previsão de entrega e outro para a nota fiscal — restando dois ou três realmente importantes.

Ao que começo a responder um deles, fico na dúvida se o correto é usar "ao encontro de" ou "de encontro a". Peço ajuda ao Google. Antes mesmo de iniciar a leitura, surge na tela um quadradinho com o anúncio do tênis que eu procurava. Sou capturada pelo algoritmo. Levanto-me para pegar o cartão de crédito. Que bolsa desarrumada é essa? Despejo tudo numa mesa para organizar: protetor solar vencido, máscaras descartáveis, sete canetas, óculos de sol, óculos de leitura, lixa de unha. Minhas unhas, socorro! Programo-me para ligar para a manicure e depois pegar meu cartão de crédito, comprar o tênis, voltar ao Google, responder o e-mail, ir à cozinha, checar o quarto dos meninos, para depois voltar à minha leitura.

Chega de dispersão. Coloco o celular no silencioso. Mas tem a luz que me chama através de letras que gritam "você não imagina o que aconteceu amiga, me ligaaaa". Óbvio que largo tudo e ligo na hora. Enquanto ela me conta os detalhes, entra uma ligação de vídeo. Pauso a amiga, arrumo o cabelo e atendo.

Pausa na ligação de vídeo para avisar a pausa da ligação de áudio, mas a amiga cansou de esperar. Me livro da ligação de vídeo e, quando começo a discar para ouvir o resto da história, toca o interfone. Desço na portaria para buscar as compras.

Não dá para ficar sem arrumar as compras do mercado. Aproveito para esvaziar a geladeira e guardo as frutas. Meus olhos encontram o bolo. Depois as castanhas. Depois o queijo.

Mastigando, volto para o computador, mas sou interrompida pelas crianças que pedem o almoço. São 14h30, daqui a pouco é a hora do jantar, "fritem um ovo e comam uma fruta, queridos". Sentindo-me culpada, procuro uma receita especial para o jantar. O tênis volta a aparecer e me olha como um cachorro carente. Antes de fechar a compra, entro no site do banco para checar o extrato e vejo que o reembolso do médico não entrou. Ligo para a seguradora e, depois de uma longa espera musicalizada, desligo o telefone com palavrões na boca, abro o bloco de notas e escrevo "processar seguradora", na lista das 180 tarefas pendentes.

Abas de janelas se espremem na parte superior da tela do computador, misturando-se com as permanentes: Instagram, Facebook, LinkedIn, Twitter, notícias da hora. Entra um mosquito. Tento dar uma chinelada mas o inseto insiste. Divido-me entre o mosquito, as castanhas, os e-mails, o bolo, o tênis, a receita do jantar, a história inacabada da minha amiga, a dúvida gramatical, o quarto dos meninos, o processo contra a seguradora.

Tantos focos periféricos nauseiam a minha mente. Desta vez, sou eu que retrocedo. Separo o que é urgente, importante e supérfluo.

Com coragem e desprendimento, fecho as janelas do computador, passo pelo quarto dos meninos sem reparar na bagunça, resolvo o jantar com um delivery, esqueço o tênis, devolvo o queijo à geladeira, mando um emoji para minha amiga. Fecho-me em mim mesma e passo uma chave interna para nem o zumbido do mosquito interferir. Desligo o celular: nem som, nem luz. Quero o som e a luz que vêm de dentro.

Abro o livro. Onde eu estava mesmo na história? Abro a página um.

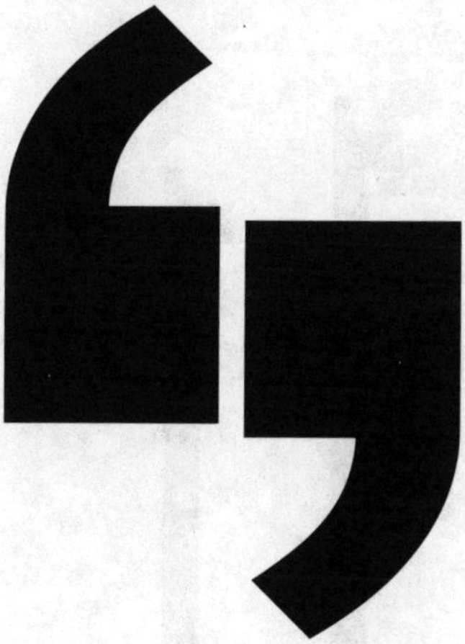

11/38

carta para um filho adolescente

Abre para mim um espaço do seu tempo trancado em si, no seu quarto, no mundo dos seus amigos, para ouvir o que eu tenho a te dizer. Desta vez é importante, não vai ser fácil para você, muito menos para mim.

Sempre te ensinei que temos que ser sinceros um com o outro. Preciso, então, te falar uma coisa que está engasgada: eu não te amo mais como te amava.

Confiei na sua graça, na sua pureza, na estreita e doce relação estabelecida entre nós que, pensei, já tinha sido conquistada e seria assim para sempre. Você pedia mais de mim, queria mais, e eu dava. Dava tudo que eu podia e um pouco mais. Multiplicava-me e entregava a você fragmentos de mim. Ensinei a você coisas que hoje nem sabe que um dia aprendeu. Mas você me traiu. Correu rápido demais e fez o tempo também me trair. Se antes você corria para mim, hoje corre para lugares por mim desconhecidos. Você vive numa metamorfose que não se cansa, se transforma tão rápido quanto uma mágica, cujo truque é indecifrável. E essa magia me faz encontrar uma pessoa diferente a cada dia, um novo filho que nasce fora da minha barriga, já crescido.

Você escolhe quando quer ser adulto e quando quer ser criança. E eu tenho a esperança secreta de que você aja como um adulto, mas continue sempre sendo a minha criança.

Essa visão turva da criança e do adulto, presos no corpo de um adolescente, me embaralha. Fico confusa quando você chora e ri ao mesmo tempo, quando não sabe se me quer perto ou longe, quando está em paz ou em guerra com o mundo — talvez porque esteja em conflito consigo mesmo. Você quer que eu deixe a minha porta fechada, mas me pede para não trancar, ao mesmo tempo que deixa a sua porta trancada. Quando precisa de ajuda para organizar sua bagunça interna, me convida para entrar. Eu entro, te ajudo na limpeza das dúvidas e das angústias, e depois você volta a se trancar e me deixa do lado de fora.

Já não te alimento mais, não escolho as tuas roupas, é você quem elege as fontes que te alimentam e as roupas que te representam.

Por isso, meu filho, não dá mais para te amar como antes. Porque antes você dependia de mim, era um pouco a minha extensão, a projeção das minhas melhores esperanças. Porque antes você cabia no meu colo, me enchia de palavras doces, tinha uma pele de veludo, ria das minhas brincadeiras. Porque antes você aprendia e aceitava tudo que eu te oferecia. Porque antes você me olhava como uma heroína.

Eu sei, assim é muito fácil amar.

Não te amo mais como antes, porque você não leva mais a minha penumbra. É menos lua e mais sol. É um mar imenso com possibilidades sem fim, que carrega um mistério, que ora se revela nas ondas, ora se esconde nas profundezas desse oceano.

Por isso, não te amo como antes: te amo muito mais.

Amo você mais, mesmo quando me culpa por todos os problemas da sua vida. Amo você mais, mesmo quando a sua barba e as suas palavras me machucam, quando você ri, não das minhas brincadeiras, mas da minha lerdeza tecnológica e do meu inglês. O mesmo inglês que eu te ensinei, e que você soube aprender melhor, assim como fez com todas as coisas que eu te ensinei. Amo mais, porque hoje você é que me ensina.

Amo você mais hoje, porque é um amor mais difícil, menos fofo, por isso mais consistente, mais profundo. Porque esse amor não passa mais por mim, ele é totalmente seu.

Amo você mais, porque hoje você é você, uma pessoa que eu jamais seria capaz de gerar.

12/38

sempre me acontece

Carrinho de supermercado com uma roda que não gira; ser atendida pelo funcionário mais mal-humorado do estabelecimento; ser premiada com um cocô de passarinho no vidro do carro, quando não na cabeça; chegar ao balcão da companhia aérea quinze segundos depois do fechamento do check-in; passar o dia com o dente manchado de batom; escolher a fila mais lenta; mudar para a fila mais rápida e ela ficar mais lenta; sentar-se no assento que tem um chiclete recém-mastigado; colocar a mão justamente onde o chiclete está grudado; ser flagrada com o dedo no nariz pelo motorista do carro do lado. Se fosse só isso, estava bom.

Quando eu compro, dia seguinte desvaloriza; quando eu vendo, o preço dobra; quando todos saem bem na foto, eu saio com a boca torta; quando eu resolvo acordar mais tarde, alguém se lembra de mim cedinho; quando minha tomada é de três pinos, a do lugar é de dois; quando chego cedo, começa atrasado; quando chego tarde, perco a melhor parte; quando entro no banho, recebo a ligação que esperava. Quando pode acontecer, sempre me acontece.

Se eu carrego demais, a bateria fica viciada, se carrego menos, a bateria acaba; se não tem radar, tem polícia para me multar; se eu mudo para a Amazon, tem série boa na Netflix; se eu estou com pressa, o elevador está no 17º andar; se tem um buraco no chão, o meu pé entra; se o meu pé entra, ele sai roxo. Se pode acontecer, sempre me acontece.

E não é só isso. A pessoa mais chata da festa gruda em mim; a vizinha de cima usa chinelo de salto; o bebê de baixo tem cólicas noturnas; o riso incontrolável vem quando não é para rir, e a incapacidade de rir vem quando é para ser engraçado; a vontade do xixi aparece depois do último posto de gasolina na estrada.

Nunca ganhei rifa; sempre quebro a aba da tampinha do refrigerante antes de abrir; nunca me lembro do nome; sempre penso no melhor argumento depois da discussão; nunca achei dinheiro na rua; sempre corto a pele com a parte afiada do papel sulfite. Nunca é com os outros, é sempre comigo que acontece.

E tem muito mais, porque além dessa lista ser meramente exemplificativa, tem seus desdobramentos e a cada dia nasce uma situação nova para corroborar a certeza de conspiração contra mim. As explicações que geralmente recebo das pessoas que tentam justificar tais episódios como naturais ou impessoais não me satisfazem, apesar da boa vontade delas. Alguns chamam de fatalidade, outros evocam a Lei de Murphy, mas nada disso justifica. No meu caso, o improvável acontece só porque se trata de mim.

Para tentar minimizar o problema, resolvi levar o assunto ao divã. No início da consulta, descrevi pormenorizadamente toda a maquinação contra mim. O psicólogo não me entendeu (sempre me acontece) e simplificou a situação: era só eu ser mais atenta, sair mais cedo de casa quando fosse ao aeroporto, escovar os dentes depois do almoço, não colocar o dedo debaixo da poltrona nem no nariz, além de outros conselhos superficiais.

Quando o terapeuta finalmente se lembrou de que era pago para problematizar e não simplificar as minhas questões, resolveu me ouvir mais atentamente. Fez-me perguntas aparentemente irrelevantes, como o tipo de roupas que meus pais me vestiam na infância, quais são minhas cores favoritas, se prefiro cheiro de praia ou de campo, doce ou salgado.

Com todas essas informações, associadas à frustrações enrustidas, a conversa foi ficando interessante. Ele fez uma cara de quem teve uma grande sacada, o que me deu a esperança de que tudo seria finalmente desvendado. Tomou um fôlego, soltou um "veja bem", mas antes de começar a falar, olhou para o relógio. Sim, a sessão havia terminado.

Sempre me acontece.

13/38

a hora da guerra

Ninguém gosta de viver em guerra. Como se não bastassem as guerras entre as nações, as brigas nas ruas, nas vizinhanças, nas famílias, estamos fadados a enfrentar diariamente os nossos combates internos.

As razões variam de pessoa para pessoa, mas ninguém escapa das suas lutas internas. Sejam elas entre cérebro e coração, bem e mal, consciente e subconsciente, paixão e razão.

Uma caixa de Bis pode deflagrar em mim uma guerra mundial interna. Sou incapaz de ficar indiferente diante de uma caixa de Bis. Entram em ação exércitos das mais variadas brigadas, todos armados e com argumentos imbatíveis. E o pior: todos estão certos.

O mais estrategista de todos é sempre o primeiro a chegar. Charmoso, entra no campo de batalha e sussurra: "É gostoso, é chocolate, é crocante. Coma, coma só um, depois coma a camada de cima, coma também a camada de baixo. Termine a caixa inteira, a vida é uma só, amanhã você compensa."

Logo depois entram em ação os disciplinados soldados fitness, atirando para todos os lados a informação de que, para queimar as calorias de quatro unidades de Bis, eu teria que caminhar 45 minutos a 8 km/h. Considerando que a caixa tem 20 unidades, eu teria que caminhar 225 minutos, ou seja, 3 horas e 45 minutos.

O subconsciente interrompe esse embate raso entre o estrategista e a brigada fitness, sugerindo algo mais profundo. Transmite mensagens cifradas, que remetem a mim lembranças de frustrações, sonhos e desejos não realizados. Isso provoca uma revolução confusa nas minhas papilas gustativas.

O exército da vaidade usa a tática visual, aplicando um verdadeiro golpe baixo. Bombardeia-me com imagens de roupas apertadas, zíperes que não fecham, espinhas no rosto, celulites e pelancas. Intimido-me, a vontade recua.

Mas depois, quando a tropa do "dane-se" invade e dispersa essas imagens cruéis, a tensão diminui. E me sugere que a irresponsabilidade às vezes cai bem e que não existe nada mais precioso do que o prazer que nos permitimos ter. "Amanhã você começa um regime", promete o exército. Salivando, abro o papelzinho do primeiro Bis, com a certeza de que essa é a decisão certa.

Com o chocolate quase na boca, ouço: "Pare!" É o general, durão, que invade o *front* sempre que surge um perigo iminente. Ele vem para dar ordens, sem margens para discussões, mesmo porque não temos tempo para isso: o Bis está quase dentro da boca. O general, impassível, repreende e impõe duras penas caso a ordem de recuo imediato for descumprida.

Instala-se o caos, a guerra se intensifica. Cada exército usa suas armas, enquanto o objeto de desejo — a caixa do chocolate — aguarda o resultado do embate.

Seja qual for o vencedor, todos acabam perdendo. Porque não existe o totalmente certo e o totalmente errado, além do mais, todas as causas são legítimas aos olhos de quem as defende.

A meta, então, diante das nossas guerras internas, é transformá-las em conflitos mais democráticos, estes sim nos fazem pensar.

Certa vez, ouvi uma história sobre dois homens que conversavam. Um deles dizia que dentro dele habitavam dois cachorros, um era terrivelmente cruel e o outro incrivelmente bom. E os cachorros estavam sempre brigando. Ao ser perguntado: "qual dos dois vencia a briga", o homem respondeu: "aquele que eu alimento mais frequentemente."

Com essa história na cabeça, resolvi fazer uma experiência, só que diferente. Escolhi um dia em que o meu cachorro da procrastinação lutava contra o meu cachorro da urgência. Sufocada pelo barulho dos dois, me levantei, discretamente saí do quarto a passos silenciosos para não chamar atenção e deixei os dois brigando.

Enquanto isso, tomei um chá, li o jornal com calma e, tranquila, encarei o trabalho que, diariamente, eu empurrava para o dia seguinte. Terminei, enfim, a tarefa e percebi que eram justamente os latidos da urgência é que me faziam procrastinar a tarefa.

Quando voltei ao quarto, estavam os dois cachorros brincando e eu já não sabia distinguir qual era o terrivelmente cruel e qual era o incrivelmente bom.

14/38

amar não é só uma questão de amar

O amor é feito de um emaranhado de emoções. É inquietante. Porque não é sim ou não, binário, onde ou se ama ou não se ama. É ambíguo, contraditório, paradoxal, como a vida é. Generoso e narcísico. Matéria bruta e refinada. É a loucura e a sabedoria caminhando de mãos dadas. É escolher e ser escolhido todos os dias.

Ama-se pelo cheiro, pela voz, pelo jeito de olhar, pelo toque, pelo caminhar, pelo ar que a pessoa expira. Ama-se pelas palavras ditas e pelo silêncio, pelo mistério e pela pontinha revelada do mistério. Ama-se pelos dentes desalinhados, pelo calo na mão, pela ruga da testa, pelo furo na camiseta, pela timidez.

Ama-se pelas cicatrizes e pelas imperfeições. Ama-se no presente, pelo passado e para o futuro.

Não precisa ser igual. Mas não dá para amar quem gosta das músicas que você odeia. Não dá para amar quem não ria do que te faz gargalhar. Não dá para amar quem não trata bem, quem não olha fundo nos olhos; quem se ama demais. Só consegue amar quem consegue ultrapassar a sua extensão refletida no outro.

Não existe amor sem paz, mas também não existe amor sem inquietação. E não existe amor que não restitua a paz que ele mesmo roubou. Não existe amor que não te resgate da banalidade. Não existe amor que não te arrepie, que não te enraiveça, não te envaideça, que não te enrubesça. Não existe amor que não te faça chorar. Mas não será amor se não te fizer rir mais do que soluçar, se não te fizer sonhar sem sair da realidade, flutuar no chão em que você pisa.

Todavia, só o amor não basta para ser amor. Tem que ter respeito, paciência, disposição para entender o outro. Senão, pode ser tudo, menos amor. Tem que ter generosidade, vitalidade, gratidão, inteligência, disciplina e uma dose de medo e de ciúme. O amor de verdade consegue amar nas horas em que a pessoa menos merece ser amada.

Não existe amor se for tóxico, se for abusivo, obsessivo, egoísta. Não existe amor que sirva apenas de espelho, de bengala. Não existe amor se for pouco amor.

Tem que haver espaço, individualidade, confiança, distância, silêncios, saudades. Tem que ter beijos todos os dias. Tem que conseguir acessar a alma. Saber que tudo é efêmero e mortal, mas acreditar no pleno e eterno. Como a alma é.

Tem que ser chato também. Tem que aguentar as babaquices, a rotina, as carências, a falta de dinheiro, as inseguranças, os cheiros ruins. Tem que ter dias escuros, em que pensamos que seria melhor não amar, para depois o sol brilhar ainda mais forte.

Dizem que o amor é irracional, puramente emocional. Se for assim, amor só não basta. Porque amar não é exclusividade do coração, é domínio também da nossa mente. A razão do amor dá significado aos nossos prazeres, organiza os nossos sentimentos, suporta nossas escolhas. Ao passo que o coração ama reagindo, a mente ama agindo. Temos que tentar entender as razões do coração e não abandoná-lo à própria sorte.

O amor... tão onipotente... tão dependente.

Para amar, não basta só o amor.

15/38

os gêmeos

Eles são altos, esguios, cabelos fartos, encaracolados e grisalhos. Suas roupas estão entre o estilo roqueiro e o básico da calça jeans e camiseta de algodão. Andam sempre juntos no mesmo ritmo acelerado. Nunca vi um sem o outro, tampouco vi um intruso na dupla.

Às vezes, estão de boné, os dois, às vezes, com os cabelos soltos ao vento, os dois. Quando apenas um está de óculos escuros, o outro compensa com uma sacola na mão. Não sei para onde vão, se para uma missão importante ou para comer pão de queijo na padaria. Parecem sempre apressados. Não obstante, a expressão desses dois homens é calma, segura e de completude, dando a certeza de que se bastam e estão plenos na companhia um do outro.

Seus gestos, olhares e movimentos têm a harmonia de um nado sincronizado. São calmos ao conversar, não interrompem a fala do outro, ouvem com interesse, intercalando frases no lugar e na hora certa como se tivessem ensaiado antes. Depois de alguma fala, tanto faz se importante ou não, se entreolham no *timing* de um espelho; pensam por alguns segundos, e voltam a olhar para a frente mirando o mesmo cenário, seguindo a marcha firme.

O magnetismo entre eles me atrai. E eu, que tenho um TOC por simetria, observar essa imagem emblemática de equilíbrio me inspira.

A dupla surge de repente. Quando tenho tempo, dou meia-volta para segui-los por uma quadra para, na volta do meu caminho, explorar as novas descobertas. Eles, obviamente, não percebem a minha presença una.

Controlo-me para censurar a imaginação que, às vezes, tende a compor suposições que fogem ao que concretamente vejo. Isso só corromperia o meu estudo: a imagem deles conta toda a história.

Não importa se são arquitetos, se moram juntos, se têm gatos, se gostam de chocolate, se usam pijamas iguais ou se são do signo de gêmeos. Apenas me inspiro na forma ideal de relacionamento que os meus olhos veem.

Numa tarde com um tempo indefinido entre o chuvoso e o ensolarado, encontro-os na farmácia. Um segurava um guarda-chuva, o outro vestia óculos escuros. Meu coração bateu mais forte e meu corpo não soube o que fazer. Tive uma súbita amnésia quanto ao motivo da minha ida à farmácia e as atenções se voltaram exclusivamente para eles. Afinal, nunca estivemos, eles e eu, no mesmo ambiente fechado. Estavam em cantos diferentes e isso confundiu a minha mente, acostumada a vê-los sempre juntos e iguais. Minha antena acompanhava os dois, em *estéreo*.

Eles se reencontraram na fila do caixa, cada um com a sua cestinha. Peguei os dois primeiros produtos que vi na minha frente, e quando me dei conta, eram um creme contra assaduras e um pote de papinha — não tenho bebê nem assaduras —, mas já era tarde, não podia perder o meu posto na fila. Passei a analisar as provas materiais. As cestas só continham o necessário, outra razão para minha admiração. Numa cesta havia aspirina, na outra, Tylenol; numa cesta, shampoo para cabelos secos, na outra, para cabelos normais; numa cesta, solução para lentes de contato, na outra, nada para contrabalançar.

Cada um pagou pelos seus produtos, com seus próprios cartões, em caixas diferentes, numa independência que para mim era inédita. Em um instante desconstruí toda a narrativa que eu desenvolvera sobre eles ao longo de uma grande pesquisa de campo. Saí da farmácia, abri o pote de papinha e usei o dedo como colher, a fim de compensar minha queda de açúcar causada pelo impacto da reviravolta no caso.

Recapitulei: um esperava a chuva, outro, o sol; um usa paracetamol, o outro, ácido salicílico, talvez para a mesma enxaqueca; um tem o cabelo seco, o outro, normal; um usa lentes de contato, o outro, não se sabe. A lupa das diferenças foi desencadeando uma infinidade de desigualdades nos gêmeos.

Foi o momento crucial ao entendimento definitivo. Eram gêmeos idênticos-diferentes — ou gêmeos diferentes-idênticos. Não eram irmãos. Dizem que casais que vivem em harmonia acabam se assemelhando fisicamente com o tempo de convívio. Com os nossos gêmeos, o início começava pelo fim: a semelhança física ressaltava suas diferenças.

A beleza que eu tanto tentava compreender estava justamente ali, na possibilidade de duas pessoas caberem uma na outra, apesar, e também por causa, de suas diferenças. O produto final é coisa fina.

16/38

casa comigo?

Sou daquelas que se emociona com cerimônias de casamento. O noivo no altar, os pais extasiados, as daminhas, o momento mágico da entrada da noiva, o sim, as bênçãos, tudo isso enche meus olhos de lágrimas.

Ultimamente tenho me emocionando também com pedidos de casamento. Tantas histórias lindas de pedidos que ouço de parentes, amigos e celebridades.

Numa dessas, me dei conta de que nunca fui pedida em casamento pelo meu marido. Na época em que nos casamos foi tudo tão natural e óbvio que praticamente combinamos o "quando", sem precisar perguntar o "se". Não fui surpreendida por um par de alianças dentro de um *petit gateau*, nem por uma serenata, nem por um avião levando uma faixa romântica, nem sequer pétalas de flores espalhadas pelo chão da casa. Nenhuma surpresa, nenhum mistério.

— Quero ser pedida em casamento! — falei para ele assim que abriu a porta de casa.

— Você enlouqueceu? Estamos juntos há quinze anos. Por que isso agora?

Tirei minha aliança do dedo e entreguei a ele dizendo que me sentia ilegitimamente casada diante da falta daquele pré-requisito. Pedi para ele usar a criatividade e resgatar o seu romantismo. Antes tarde do que nunca, essa lacuna deveria ser preenchida. Ele pensou que fosse mais um dos meus devaneios, mas depois se deu conta que eu estava falando sério.

No fim de semana fomos para o litoral, ele sabe que praia me acalma. Fomos quinta-feira, final de tarde, quem sabe eu me esquecia dessa maluquice. O mar, entretanto, não fez sumir a pendência pré-matrimonial. Na manhã de sexta-feira, a praia estava vazia, ele me convidou para uma caminhada, mas pediu que eu esperasse alguns minutos. Ele foi à praia e escreveu na areia um gigante "quer casar comigo?" e em seguida veio correndo me chamar. Achou que isso encerraria a questão. Só que até eu terminar de passar o protetor solar, a água já tinha engolido o pedido de casamento. Quando chegamos à praia, fizemos a nossa caminhada habitual pisando sobre algumas vogais sem sentido que resistiram na areia.

Mais tarde, ele tentou de outra forma. Combinou com o vendedor de pamonhas para passar na frente de casa e anunciar o pedido de casamento no alto-

-falante, alto e em bom tom, dessa vez sem o risco de a água apagar. Acontece que o homem teve tanta sorte nas vendas que apareceu duas horas antes do combinado, justo na hora da nossa soneca da tarde, enquanto nós dois roncávamos. Do pedido de casamento, sobraram apenas os vinte curaus de milho que meu marido havia comprado do homem.

Sentindo-se um pamonha, meu marido pensou em outra ideia genial, agora infalível. Escreveu um poema, colocou dentro de uma garrafa e combinou com as crianças de "acharem" a garrafa quando estivéssemos todos na praia. Assim que ele largou a garrafa na areia, um apito soou. Dois salva-vidas vieram em sua direção o repreendendo por estar poluindo a praia, sem dar oportunidade para ele explicar que se tratava de um ato romântico e não de um cachaceiro. A garrafa e o poema foram parar no lixo.

Tanta dificuldade para realizar essa simples façanha fez com que ela se tornasse uma questão de honra para ele. Tentou escrever o pedido com post-its, feijões, ketchup, mas a agilidade da arrumadeira da casa não o deixava terminar a frase.

De noite, quase desistindo, ele tentou a última cartada. Eu estava serena, e até já tinha me esquecido da nossa pendência. Milagres da maresia. Ele pegou o prato da sopa de letrinha das crianças e, entre uma colherada e outra, foi caçando as letras. Quando eu menos percebi, ele colocou na minha frente um prato com letrinhas amarelas formando um "CASA COMIGO?".

Chorei como se estivesse assistindo à minha própria cerimônia de casamento. Tirei as letras "S", "I" e "M" da própria frase e devolvi para ele o prato com o que sobrou: "CA_A CO_ _GO?" Minha resposta estava embutida na sua pergunta. É claro que sim, nem precisava perguntar.

17/38

quero ser idiota

Às vezes quero ser idiota.

Não precisar entender, calcular nem resolver nada. Ser rasa, superficial, e simplória. Quero ser vista assim pelos outros, para que não esperem muito de mim.

Quero não ter a obrigação de ser sensata ou coerente. Não precisar ter respostas para todas as perguntas. Errar, sem vergonha, sem medo. Não precisar ter bom senso, bom gosto, bons modos. Ser estúpida. Estupidamente leve e bem resolvida, como só os que não pensam muito conseguem ser.

Não invejar, não desejar o que é dos outros. Afinal, o que quer uma pateta senão apenas ser levada pela vida, sem grandes ambições? Todo o resto que vier é lucro. E são nesses lucros que o melhor da vida acontece.

Um dia, eu consigo ser aquela esposa sonsa, que faz o marido querer o que ela quer, e ainda faz com que ele acredite que está no comando. Essa sonsice genial que a minha inteligência burra nunca me permitiu alcançar.

Quero ser aquela mãe boba e molenga que saiba falar "nãos" através dos "sins", que consegue brincar de falar coisas sérias. Que saiba fazer os filhos pensarem que venceram o jogo sem a minha ajuda, até que um dia eles possam realmente vencer sem mim. Quero acreditar em tudo o que me falam. Quero falar tudo que acredito.

Tenho vontade de amar como uma palerma. Abraçar até esmagar, falar e repetir tudo o que sinto, sem rodeios, sem orgulho, sem joguinhos. Amar com a segurança de uma tosca convicta.

Quero que a minha memória seja igualmente tosca. Que ela se esqueça de dores, mágoas e sofrimentos. Que se lembre mais de alegrias rasas do que dores profundas. Que apague sentimentos lúcidos que, embora fundados, fazem mal.

Quero gargalhar e me divertir tolamente, falar um monte de besteira sem medo de ser ridícula. E, sobretudo, quero rir das minhas próprias bobagens.

Persigo a babaquice de quem é generoso sem querer nada em troca; a fraqueza de quem escuta calado; a covardia de quem foge das brigas; a lerdeza de quem não percebe quando é provocado.

Careço da passividade boboca dos que conseguem ficar numa fila sem reclamar, dos que não contestam tanto, dos que não culpam os outros, dos que não se culpam tanto. Preciso dessa passividade de quem aceita, e de quem se aceita.

Quero para mim, todos os dias, um pouco da ingenuidade das crianças, que brincam de amarelinha, divertem-se com um arroto, acreditam em tudo que lhes dizem e atingem a felicidade plena com um algodão-doce. Que choram quando têm vontade, dormem e babam no travesseiro sem preocupações, sentem raiva só por um minuto e depois esquecem. E que sabem que ainda não sabem nada sobre a vida. Pois, só se aprende quando se sabe que não sabe.

Quero que a minha loucura vença, tal como a responsabilidade. Quero beber uma dose de toda essa insanidade, porém dela não me embriagar. Não preciso da inteligência bêbada, preciso da idiotice sóbria. Porque onde falta juízo, nasce a criatividade; porque onde falta juízo, acredita-se nos sonhos.

18/38

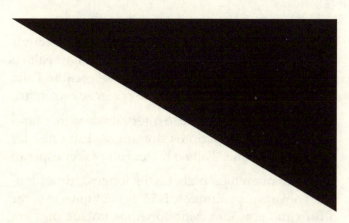

a falta que a falta faz

A vida não dá trégua. São tarefas ininterruptas, uma colada na outra, que parecem não caber nas 24 horas do dia. "É muita demanda", "falta tempo", é o que cansamos de dizer. Mentira: o que falta são pausas, silêncios, vazios. O que falta é a falta.

Falta um pouco de "nadas", tempos e espaços não preenchidos. Falta um dia sem wi-fi, sem redes, sem TikTok — falta ouvir o tic-tac dos minutos. Falta saber no que se ligar e quando se desligar.

Falta coragem para ficarmos a sós. É a nova fobia coletiva: medo do silêncio e da solidão.

Falta a luz apagada e os olhos cerrados. Falta não ter nada na frente. Falta enxergar no escuro, ouvir palavras não ditas. Falta conseguir se calar. Falta a falta de ruídos, para a gente poder se escutar. Falta a falta de imagens, para a gente poder se enxergar.

Falta o ponto e vírgula, o intervalo do jogo, o farol vermelho, o domingo nos domingos. Falta não ter todas as respostas. Falta o hiato. Falta saber esperar.

Já não queremos mais textos longos, filmes longos, conversas profundas. Não aguentamos esperar o próximo episódio. Maratonamos nossos dias em busca de desfechos — que é o que menos importa.

A infância tem pressa e o querer aprender passa rápido. Falta uma dose de ingenuidade, sobram coerências; falta um pouco de não saber, sobram certezas. Falta a escassez de lógica.

Falta a curiosidade e o apetite. Assim como o espaço vazio para se criar. Falta o "menos", para que a vontade apareça. Falta o mistério, para que o desejo aconteça.

Falta o cochilo sem intenção, a distração, as lacunas para surpresas. Falta a cabeça vazia ao se deitar e, imersos em uma mente que nunca descansa, falta conseguir sonhar. Sonhamos menos dormindo, sonhamos menos acordados.

Faltam pausas nessa orquestra desordenada, sem maestro, sem maestria, onde todos os instrumentos são tocados ao mesmo tempo. Falta saber quando silenciar, porque o silêncio é tão importante quanto tocar as notas certas.

Com tantas metas, perde-se o objetivo. Com tantos caminhos, perde-se a direção. Com tantas coisas à mão, perde-se a expectativa. E o tempo fica curto, os caminhos tornam-se curtos, sem direito a paradas e paisagens para contemplar.

Falta muita coisa porque sobra muita coisa.

Sobram filtros, exposições, imagens estáticas, encontros virtuais, emojis, curtidas. Falta curtir: a vida: a real.

Sobram dedos para deslizar em telas, faltam dedos para deslizar em corpos, segurar canetas e livros. Falta papel, pele, cheiro, calor. Falta intimidade.

Sobram informações, tarefas, estímulos, referências. Só que o excesso de informações desinforma, o acúmulo de tarefas é improdutivo, o exagero de estímulos aliena, a abundância de referências enlouquece.

Não é com excessos que se preenchem vazios. Mais do que isso: alguns espaços existem justamente para não serem preenchidos.

19/38

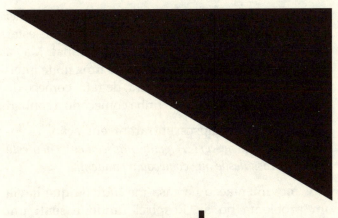

fogo!
um incêndio em plena pandemia

2h30

Meu marido me chama:

— Acorda, levanta, temos que descer agora!

Ofegante, nervoso, seu chamado passava uma confiança sobre a qual, mesmo adormecida, eu sabia que não era caso de questionar. Obedeci, venci minhas pálpebras pesadas com a certeza de estar atrasada para o nosso compromisso matinal. Mas a sensação de ter dormido pouco para uma noite inteira desmentiu essa afirmação. Era, de fato, começo de madrugada e eu ainda nem tinha começado a sonhar.

Quando as sinapses entraram em ação, raciocinei: *Ele falou descer? A gente praticamente não está saindo de casa desde que começou a pandemia.*

A movimentação na casa me indicou que havia um problema no ar. Respirei fundo e senti um cheiro de fumaça. Sim, havia um problema no ar, literalmente no ar.

Levantei da cama confusa e senti um calor, sem entender se por uma bagunça hormonal interior ou se pela chama imaginária vinda do Pantanal, que estava em chamas. Lavei o rosto, foi a hora que a ficha caiu. Vi com meus olhos, experimentei na pele, senti o gosto, enfim, experimentei com todos os meus sentidos o fogo vindo de um lugar muito próximo. Mais precisamente do andar de baixo.

Fui correndo conferir o ninho dos meus filhotes. Estavam bem e isso era tudo o que importava naquele momento. Confusos, os meninos se vestiam sem saber nem para quê, nem como, nem para onde. No fundo, adolescente tem uma sabedoria de, nas horas imperativas, não questionar e se portar como uma criança obediente, ou como adulto, se é que existe alguma diferença.

2h45

Saímos apressados pela porta de casa, esquecendo-nos das máscaras, afinal, um perigo maior eclipsa os menores. Os míopes esqueceram seus óculos, os friorentos, os seus casacos. Eu, friorenta e míope, me esqueci dos dois, e apesar disso, enxergava perfeitamente bem e não sentia frio.

Descemos as escadas, seguidos pelo zelador, que vinha atrás de nós no mesmo passo. Ele apertava as campainhas, andar por andar, porém sem pressão suficiente para tirar os meus vizinhos de seus travesseiros. Seguimos solitários na escada escura e silenciosa. No longo trajeto da escadaria, um dos meus tagarelava assuntos aleatórios. Foi a forma que encontrou para lidar com o medo, contrastando com os outros que permaneciam num silêncio militar.

Térreo. Terra. Terra firme. Alívio.

A tremedeira das minhas mãos e pernas foi substituída por uma súbita e insensata vontade de rir, coisa não rara de acontecer comigo, provavelmente pela mesma razão da tagarelice do meu pequeno. Vontade de gargalhar. Rir de nada. Rir de tudo e agradecer que estavam todos bem. Rir junto com a vida, que vive brincando com a gente.

Olhei para cima e contei os andares. "Onde estão os outros moradores? Vamos, desçam!" Aos poucos apareciam rostos assustados e sonados. Não faltaram gatos, cachorros e aves amparadas pelos donos.

A situação improvável de estar na rua àquela hora da madrugada me deu uma sensação de liberdade, de desprendimento, de regras rompidas, afinal aprendemos que noite é hora de dormir e que ruas vazias, de madrugada, são perigosas. Só que não. Estava eu ali, como uma adolescente, vivendo intensamente os meus sentimentos polarizados, na segurança da rua que minha casa não podia proporcionar.

3h

Foram quatro carros de bombeiros e outras viaturas. Chegaram aos poucos, com suas sirenes ao mesmo tempo escandalosas e reconfortantes. O vermelho nervoso dos carros nos pedia calma. Os bombeiros, nossos heróis, sabiam exatamente o que fazer, com rapidez e destreza.

Desceram, enfim, todos os moradores. Cada um se posicionou no melhor espaço que encontrou para acompanhar a ação.

A loira bonita do 11º andar, de *peignoir*, creme azul-turquesa no rosto, revelou a todos que a sua beleza era resultado de uma boa investida noturna e nos provou que quem é chique, é chique até dormindo. O escritor do 5º andar segurava duas malas nos braços, como que protegendo o que tinha de mais importante na vida. Meu olhar de raio X dizia que eram páginas escritas, para outros, era dinheiro e escrituras de imóveis. O adorável garotinho do 15º, a quem essa noite passaria desapercebida, dormia um sono profundo no colo da mãe. As famílias se somavam aos subgrupos de outras famílias, unindo-se naturalmente aos sobrenomes mais íntimos. Os cachorros vizinhos, que provavelmente não se conheciam, entreolhavam-se com vontade de brincar.

4h15

A fumaça ainda saía pelas janelas.

Não nos abandonou, nem por um minuto, a vontade de apoiar os moradores do apartamento incendiado. Abrir a nossa casa para eles era pouco. Permanecemos desolados junto com eles, assistindo pelo lado de fora à lenta e cruel ação do fogo.

Experimentamos cenas de filmes. Filme de catástrofe, filme sombrio, filme ficção, filme suspense, romance. Até as Três Marias apareceram no céu poluído para participar da cena.

Quando o relógio bateu às 5h30, enquanto o fogo do sol ameaçava surgir, o incêndio foi controlado.

Sem coragem de pegar o elevador, subimos de escada, que a cada degrau nos preparava para encarar os estragos. A mesma escada que, na descida, parecia a Cordilheira dos Andes, na subida pareceu ter encolhido. Tosse, sujeira, muita água, cinza nas paredes e no ar. Passamos pelo andar incendiado, só carvão.

E veio a boa parte do filme: nossa casa estava milagrosamente intacta, tal qual a deixamos algumas horas antes sem saber o que esperar. Apenas um cheiro forte de coisa queimada e muita fuligem no ar. Os olhos e as narinas ardiam. Tiramos os sapatos para sentir o conforto de estar dentro de casa. Imediatamente sentimos o calor do piso dos quartos na sola de nossos pés, o fogo parecia ainda estar lá, aceso. Lembrei-me das patas das onças queimadas no Pantanal e pensei o quanto nossos incêndios diários são pequenos.

20/38

confissões das mulheres de 50

Pensa numa TPM constante. É assim que entramos para o time das cinquentonas. O cabelo afina, a cintura engrossa. Os hormônios enlouquecem e, enquanto isso, somos obrigadas a conter algumas das nossas loucuras que não cabem mais. Aparecem novas manchas na pele, delatoras das horas em que, no passado, ficamos expostas ao sol lambuzadas de Rayito de Sol.

Os ossos e os músculos vão cedendo lentamente para dar vez à massa gorda, que vem com tudo. E a balança, então, aproveita para se vingar de todas as pisadas que recebeu de nós esses anos todos e começa a sua greve: não reconhece mais as calorias gastas.

Manter-se no mesmo peso é a grande vitória, mas, caindo na real, isso é para poucas. Às demais lutadoras não resta outra alternativa senão fazer a própria greve, de fome, para minimizar os prejuízos.

Até pouco tempo, a maioria das pessoas que eu via na TV, no cinema, na política, no trabalho eram todas mais velhas do que eu. De repente, tudo que eu assisto, leio e ouço vem de pessoas mais novas.

Parece que a ideia de envelhecermos só funciona com novos rostos. Carrego a imagem pausada dos meus amigos de infância, tanto faz se hoje eles têm cabelos brancos, a barriga maior ou novas rugas, continuam com a mesma cara de antes. Quanto a novos conhecidos que têm a minha idade, sempre penso que envelheceram mal e não consigo acreditar que já foram jovens um dia.

Nunca menti minha idade, apesar de às vezes me vir um esquecimento e eu ter que recorrer a um cálculo aritmético. Quase sempre discordo do resultado, pois, confesso, também me vejo com a mesma imagem congelada de outrora. Refaço a conta, mas a matemática insiste, porque ciência exata não se dispõe a negociar.

Desde que assoprei as cinquenta velhinhas, ops, velinhas, quando sou perguntada sobre a minha idade, frequentemente ouço: "Nossa, nem parece, você está tão bem." A perplexidade é evidente, apesar de permanecer velada nos parênteses: "Nossa (coitada), nem parece (que você é velha), você está tão bem (para quem está passando por esse problema)." Não raramente tenho vontade de pedir desculpas pela ofensa, isso quando não sou jogada para o banco dos réus tendo que provar que cheguei aqui em legítima defesa.

Mas pior do que esconder a idade, é lutar contra ela.

Acontece que inventaram o espelho.

Sempre me neguei a fazer plásticas ou outras intervenções estéticas. Sou natureba por natureza, não passo batom, nunca me dei bem no equilíbrio do salto alto e sou bem resolvida com isso. Tão bem resolvida que mudei de ideia imediatamente quando a minha dermatologista me prometeu o milagre da harmonização facial. Harmonização para mim, até então, era deixar as coisas harmônicas, como a própria palavra diz, e isso significa deixar equiparados os efeitos do tempo no rosto, corpo e mente. Ou seja, o contrário de tentar mascarar os sinais da passagem do tempo. O fato é que aceitei levar algumas picadinhas de ácidos e toxinas na face e continuo esperando a tão desejada harmonia nessa luta contra a gravidade.

Ter cinquenta anos é quase viver uma adolescência. Ambas são fases de transformações, de bipolaridades, de descobertas, de libertações, onde acontecem importantes ajustes na personalidade. Só que, se na adolescência a personalidade é solidificada, aos cinquenta, ela se sofistica.

É quando o caleidoscópio de identidades se organiza de uma forma mais calma e consistente. Talvez isso se chame experiência, ou talvez sabedoria, para aqueles que aproveitaram as experiências para adquirir sabedoria.

Uma citação, atribuída a Henri Estienne, define melhor essa ideia: "Se os jovens soubessem e se os velhos pudessem, não haveria nada que não se fizesse."

É isso!

21/38

você já mentiu hoje?

Assim como o medo nos protege, a mentira nos defende. Não dá para viver sem mentir, é questão de sobrevivência. Somos seres mutantes, complexos, contraditórios. E a mentira vem para nos salvar dessa incoerência humana.

Ouvimos mentiras muito cedo, desde a idade em que abrimos a boca para os aviõezinhos de brócolis e dormimos com os contos de fadas na cabeça. Podemos até acreditar que sapos e ogros se transformem em príncipes, mas o *viveram felizes para sempre* é a primeira grande falácia que engolimos junto com os brócolis voadores. Talvez uma vida inteira de divã nos ajude a entender o que significa *feliz* e *sempre*, em frases separadas obviamente.

Mas a culpa não é só dos livros infantis. Ensinamos as crianças a mentir em nome da educação. E, honestamente, não imagino como fazer diferente. Na minha experiência pessoal, não consegui sustentar o conceito de liberdade de expressão para minhas crianças. Foram muitos constrangimentos. Situações como *mãe, ela soltou um pum*, apontando para a vizinha no elevador, ou *você tem cara de um dos três porquinhos*, dirigido ao meu novo sócio na época. Enquanto, aos olhos das crianças, tentamos subverter essas verdades que não podem ser ditas, a vizinha e o sócio, adultos que são, reagem com outra mentira: *que gracinha*, quando na verdade querem esganar o menino.

Esses casos, entre outros tantos impublicáveis, destruíram meu idealismo de não reprimir pensamentos infantis e me obrigaram a ensiná-los a censurar algumas verdades, o que os introduziu ao mundo encantado das mentiras. As crianças, assim, aprendem a mentir na infância e na adolescência se profissionalizam nessa arte.

Existem várias categorias de mentiras. E elas atuam nas mais diversas instâncias de nossas vidas.

As mais tradicionais são as expressões "sempre" e "nunca", principalmente num sentido de compromisso futuro. E, sabendo disso, vivo me prometendo: *nunca* mais usar essas expressões. *Sempre* falho.

A mentira do comércio. O vestido tem um caimento horrível, mas a vendedora diz: *ficou show, é só passar um batom vermelho, jogar um colarzão que o look vai arrasar*. Roupa bonita de verdade não precisa dar um show, não depende de colar nem de batom na boca. Quando isso me acontece, respondo algumas verdades a ela com o olhar, mas verbalizo com uma outra mentira: *obrigada querida, vou dar mais uma voltinha e volto aqui*. E saio para nunca mais voltar à loja. Eu disse *nunca* mais?

A mentira do desejo é antiga, mas, mesmo assim, ganha da gente. *Só um pouco, última vez, último pedaço, quando você pedir, eu paro*. Armadilhas na certa.

O problema não é você, sou eu ou *eu não te mereço*: mentiras fundamentais para quem dá o pé na bunda. Facilita o trabalho de quem está dando o fora e, principalmente, mantém a dignidade do rejeitado. Na hora da dor funciona como um anestésico tópico, é só não ficar cutucando a ferida. Depois, quando o tempo já tiver curado a dor (sempre cura), a pessoa até percebe o tamanho da mentira, mas já não importa mais, mesmo porque a fila andou (sempre anda).

Ainda na esfera amorosa, temos a mentira esotérica. *Pai Isaac. Trago seu amor de volta em sete dias. Trabalho garantido ou o seu dinheiro de volta. Amarração para o amor. Vidente Jurema. Total sigilo.* É a lanterna dos afogados, não faltam clientes, nem postes.

Outra muito útil é a mentira da tranquilidade. Imagine se numa turbulência aérea não tivéssemos as comissárias de bordo para socorrer nossos olhares trágicos com uma expressão de tranquilidade, tanto faz se enganosa. Ademais, um irresponsável *está tudo bem* e um profético *vai dar tudo certo* são sempre muito bem-vindos nas horas em que não está nada bem e provavelmente não vai dar nada certo.

Atenção à mentira do perdão: todo pedido de desculpas que vem com uma vírgula seguida do vocábulo "mas", é um pedido de desculpas falsificado. *Desculpe por ter sido tão agressivo, mas você...*, pronto, terminou aqui. O verdadeiro pedido de desculpas vem do reconhecimento genuíno de um erro, no entanto, como somos perfeitos, isso é raridade.

A mentira do *eu não dou conta* mascara a verdade do *eu não estou a fim de assumir isso, se vira*. Desnecessário maiores explicações. Ah, homens...

Existem mentiras que se incorporam na pessoa e passam a ser verdades. Cirurgia plástica, por exemplo. É verdade ou mentira? O nariz mais reto, os seios mais fartos, a face lisa sem rugas. Mentiras ontem, verdades hoje.

A mentira das fotos. Filtros, montagens, editores, não faltam tecnologias para humanizar essa espécie de falsificação. Ela é tão convincente que acabamos acreditando mais na imagem que produzimos de nós mesmos do que no reflexo do espelho míope.

Estratégias de marketing criam e recriam a mentira gastronômica. Rótulos como *fit, light, artesanal* atraem os nossos olhares famintos, loucos para serem ludibriados. A gourmetização da comida também veio para sofisticar os pratos do dia a dia. O bom e velho bolo simples é agora *o naked cake*, o picolé virou *paleta*, o frango com Sangue de Boi ganhou o status de *Coq au Vin*. Tudo em nome da experiência gastronômica. E o nosso apetite, ávido, degusta e engole em seco essas falácias.

Fica a pergunta fundamental: Será a mentira um atalho do mal ou uma salvação do bem? Questionamento esse que tem apenas uma resposta: depende de qual é a nossa verdade.

22/38

homens, empoderem-se

Homens, empoderem-se. Sejam fortes, musculosos, machos.

Empoderem-se até não precisar mais diminuir as mulheres para vocês se sentirem grandes. Sejam fortes a ponto de não precisar agredir uma mulher para demonstrar força.

Sejam poderosos e tenham coragem de negociar, contratar e remunerar uma mulher com os mesmos critérios que vocês usam com os homens.

Sejam empoderados não só para conquistar, como também para manter ao seu lado a mulher que desejam, só se e até quando ela quiser.

Usem seus músculos para ajudar mulheres a carregar as malas nas viagens, nunca para deixar marcas roxas.

Usem o poder da sua inteligência para conseguir ouvir as mulheres sem julgar, sem interromper, sem menosprezar e, por que não, para aprender alguma coisa com elas.

Sejam machos, no melhor dos sentidos, para não precisar bater na mesa com força a fim de se impor. Sejam machos suficientes para não precisar provar sua virilidade flertando com várias mulheres ao mesmo tempo. Sejam machos até para serem capazes de respeitar as escolhas sexuais de outros homens.

Tenham o poder da lucidez de não chamar a mulher de louca quando ela pede um pouco mais de atenção e delicadeza. Para não obrigar a mulher a engolir o choro e fazê-la acreditar que chorar é ser histérica e descontrolada.

Sejam Homens, com H maiúsculo, que consigam encarar conversas difíceis e não apelem para o tratamento do silêncio. Pois — vocês sabem melhor do que elas — o silêncio pode ser tão abusador quanto um soco na cara.

Sejam poderosos e seguros para não precisar controlar os passos da mulher, bisbilhotar suas mensagens do celular ou afastá-la dos amigos.

Tenham posses legítimas, não sejam possessivos. Sejam valentes para não cometer abusos covardes, aqueles que não deixam marcas explícitas. Torturas invisíveis não só machucam como enlouquecem.

Homens, tenham uma voz forte. Façam-se ouvir sem gritar, sem ameaçar, sem assustar as crianças na sala. Saibam expor suas ideias sem precisar impor. Isso é ter voz forte.

Feminismo não é "mimimi". Não é apenas o direito de votar, mas o direito de não ser assediada, de não ser julgada, de não ser abusada, de não ser diminuída só por ser mulher. De poder ser gorda ou magra, casada ou solteira, mãe ou *childfree*, jovem ou velha, do lar ou CEO, sem que isso a defina ou a limite. Pois vocês sabem, homens quando divorciados são interessantes, quando escolhem não quererem ter filhos estão exercendo seu poder de decisão e quando envelhecem ficam mais charmosos.

Homens, sejam revolucionários, não perpetuem essa história. Reconheçam que quando trocam a fralda do filho não estão fazendo um favor para a mulher. Sejam feministas, pois só homens empoderados têm a capacidade de entender o que uma mulher é.

23/38

a anatomia da alma

O asfalto vive me dando rasteiras. Para mim, cair é hábito. Antes era porque eu era jovem demais, agora é porque estou mais velha. Já fraturei cotovelo, antebraço, dedinho do pé, rompi ligamentos e tendões. Ficaram algumas cicatrizes e várias marcas que revelam mais de mim do que as áreas intactas do meu corpo.

A última queda aconteceu recentemente, quando eu praticava corrida na rua. Como todas as nossas quedas, foi por pura desatenção, um pequeno movimento errado. Fui nocauteada pelo asfalto, esse frio e insensível adversário que, de tempos em tempos, me chama para a briga. Por sorte — ou talvez pelo hábito — tenho bons reflexos, que é o que me salva. Dessa vez, foi a minha mão que instintivamente protegeu meu rosto e tomou as dores e o impacto.

Resultado: uma ralada cruel na palma da mão esquerda, entre outros cortes superficiais e hematomas nos joelhos.

Passei a observar atentamente, dia a dia, a incrível reação do meu organismo em direção à cicatrização, e isso me fez associar ao processo de regeneração de outras feridas, aquelas que não enxergamos: as nossas feridas emocionais.

Ferida, por definição, é desconexão. Células que deveriam permanecer ligadas se separam, nervos se fragmentam. É quando elementos vitais de uma relação se rompem e perdem a continuidade. E é justamente daí, desses vínculos rompidos, que nascem as nossas dores mais profundas: as dores da alma.

Primeiro vem o impacto. A dor é proporcional ao peso depositado. Quanto mais nos importa, maior é a dor. Algumas dores chegam a arder, a queimar, como as paixões incendiárias que nos destroçam. E na hora da dor, não há nada a fazer senão senti-la; na hora que dói, só nos resta aceitar. Porque a dor, enquanto vive, é soberana.

Levantar-se da lona é o primeiro passo, mesmo que o sentimento seja de fraqueza ou de derrota. É imprescindível limpar a sujeira que a ferida carrega, pois resquícios mal resolvidos podem comprometer camadas saudáveis do corpo e da alma.

Sou daquelas que gosta de olhar de perto o tamanho do estrago. Encarar a dor não me assusta, mas sim não saber a sua dimensão.

No caso da minha mão, era pura carne viva, vermelha, pulsante, pedindo socorro, como faz o nosso coração quando grita de dor. Meus hematomas do joelho nem chegaram a incomodar, é que dores maiores absorveram as menores.

A boa notícia é que sempre depois de uma desconexão inicia-se imediatamente a etapa da reconstituição. E entra a primeira fase da cura: o processo inflamatório. O machucado interno incha, lateja e o sofrimento reina absoluto. Uns se defendem com autopiedade, outros, com raiva, outros tentam entender o incompreensível. Família e amigos são analgésicos, ajudam a assoprar, o importante é não aceitar nenhum remédio que seja mais milagroso do que o tempo. E enquanto ele age, nossa tarefa é proteger a ferida.

Cada um tem o seu mecanismo de defesa, desde os mais instintivos até os mais elaborados. Mas duas medidas protetivas são universais: não superproteger e não cutucar a ferida.

Desta vez, errei na proteção intensiva. Exagerei na gaze e sufoquei o machucado, como que querendo escondê-lo de mim mesma. Sem poder respirar, ele se ressentiu e se manifestou por meio de secreções. Sem ter o espaço que precisava para se expressar, a ferida deu um passo para trás e fez a dor aguda voltar. Assim são os cursos das cicatrizações internas, com retrocessos e surpresas. Pois elas não seguem uma linha reta, cada uma segue o seu próprio caminho. Cada alma ferida é uma existência em si.

O processo de maturação acontece quando uma base é criada para que as estruturas rompidas promovam novos vínculos. Somos avisados, então, que é hora de ampliar os movimentos que foram temporariamente suspensos. Chega uma hora em que é imperativo secar as lágrimas e se desapegar da dor. Dar um passo, mesmo quando ainda dói.

Entretanto, as dores físicas e emocionais não são assim tão iguais. A física não precisa de um sentido para ser vencida, a emocional sim. Na dor física, sente-se só a parte afetada, na emocional, dói tudo, até o fio de cabelo. As dores físicas não nos fazem crescer, as emocionais, quando conseguimos vencer, nos fortalecem.

O machucado fez algumas linhas se apagarem da palma da minha mão, e novas surgiram. Se é verdade que tais linhas representam o nosso destino, sou forçada a concluir que o ferimento mudou o meu. De uma forma ou de outra, nunca passamos ilesos pelas nossas dores.

24/38

as três eus

Divido-me em três: a eu de vinte anos atrás, a eu de hoje e a eu imaginária daqui a vinte anos. E as coloco cara a cara para que troquem bons conselhos e façam seus acertos de contas.

A eu hoje para a eu de ontem:

O óbvio, use protetor solar. E não se esqueça do dorso das mãos. Ficar se torrando no sol, além de ser cafona, faz mal para a pele. Sua cor dourada não vale o preço que você terá que pagar amanhã. Poupe-me dessa.

Apesar de você achar que já sabe tudo da vida, seja humilde, curiosa. Aprenda com tudo e com todos. Mesmo que esses *todos* lhe pareçam ultrapassados, tolos ou caretas.

Aproveite suas ideias progressistas e humanistas. Seja uma guerreira da justiça. A luta passa, mas o espírito fica.

Se quiser ser rebelde, seja agora. A rebeldia não cai bem para maiores de vinte, "fica-lhes curta nas mangas", diria Eça de Queiroz.

Tenha paciência. Tenha mais paciência. E mais um pouco de paciência. Você está só semeando.

Trate bem os seus amigos nerds, você poderá precisar deles no futuro.

Não se arrisque a ponto de se colocar em teste. Pare uma estação antes.

Enumere os seus maiores sonhos e objetivos. Dos cem, fique apenas com os dez mais importantes. Misture-os bem, até que os seus sonhos e objetivos se fundam e se confundam: para que os seus objetivos tenham desejo e para que os seus sonhos tenham propósito.

Não precisa obedecer a tudo que seus pais mandam você fazer. Mas jamais os desrespeite. Jamais.

Preserve o seu corpo, ele é sagrado. Somente dê a senha de acesso para pessoas que realmente o mereçam.

Vista-se, comporte-se e fale com discrição. Não exagere na bebida, nas palavras, nos gestos. Não se apresse, faça andar junto o corpo, a mente e a alma.

Saiba que homens e mulheres têm naturezas distintas. Não espere que os homens te compreendam. Deixe isso para as amigas.

Não chore por ele. *Spoiler*: hoje ele está careca, barrigudo e bobo.

Não tenha pressa para entrar na faculdade. E se errar na escolha, volte atrás e tente de novo quantas vezes for necessário.

Não procure atalhos. Cortar caminhos, como hábito, não dá certo. Fazer apenas o básico é pouco.

Minta o menos que puder. E se o fizer, trate de ter uma boa memória.

Há coisas que seus professores ensinam que você nunca vai usar na vida. É verdade, mas você tem que passar de ano. Então estude em vez de reclamar. Nem sempre ter razão é o mais importante.

Não espere ser escolhida. Escolha sempre que puder. Seja exigente, mas não chata. Não despreze, respeite. Tenha critérios, mesmo sabendo que não serão os seus definitivos.

Sinto saudades. Você me deu trabalho, mas foi incrível.

A eu de amanhã para a eu de hoje:

Não se afobe. Ainda há tempo para recomeços.

Exercite diariamente a arte da boa comunicação. O que você fala nem sempre é o que diz, mas sim o que os outros ouvem.

Cuide de seus joelhos. Você vai precisar deles em boa forma.

Rugas não são tão terríveis assim, a gente se acostuma. E elas nos representam bem. Muito melhor do que um rosto editado.

Agora que você alcançou algum conhecimento, a próxima fase será buscar sabedoria. É a parte mais divertida.

Saiba falar não. Mas fale mais sins do que nãos. Vale a pena, pode apostar.

Continue cuidando de quem você ama. E continue amando quem você cuida. É uma coisa só.

Você acha que vive na mais alta tecnologia? Espere só quando chegar aqui para ver o que é tecnologia de verdade.

Daqui a vinte anos, você vai desejar ter começado hoje. Então, retome suas aulas de flauta, mesmo que lhe pareça estar vinte anos atrasada.

Dane-se quantos *likes*. Continue cultivando as boas amizades. Só os amigos de verdade vão aguentar suas rabugices.

Tenha consciência de que o mundo não lhe deve nada, não procure culpados. Reze diariamente e agradeça pelas coisas que você tem. Isso é um treino, faz a diferença fundamental.

Não queira entender tudo, às vezes uma dose de ignorância é uma virtude.

Quando estiver em crise, lembre-se: vai passar.

Quando estiver no auge, lembre-se: vai passar.

A eu de hoje para a eu de amanhã:

Não fale alto no telefone, as pessoas ouvem sem você precisar gritar.

Vingue-se dos seus filhos dando pirulitos aos seus netos. Seja subserviente aos desejos deles. Mime-os. Dê a eles muitos presentes.

Não coloque naftalina no armário. Pior do que um buraquinho de traça na roupa, é o cheiro da naftalina.

Saia com amigas para almoçar uma vez por semana. Ria, exercite-se ao ar livre, arrume-se bem.

Escolha um bom cabeleireiro, um que não te deixe com um penteado armado.

Mantenha-se atualizada, seja descolada, mas não tente ser moderninha.

Seja gentil com as suas noras. Não dê palpites sem que elas te peçam. E nunca mexa na geladeira delas.

Seja produtiva, faça algo significativo e criativo, seja trabalhando, lendo, cozinhando, escrevendo.

Ajude os outros, mas quando precisar, peça ajuda também. Não tenha medo de dar trabalho, nem tenha orgulho de revelar suas fragilidades.

Vença a tentação de viver de lembranças. A nostalgia tem a sua porção de sanidade, mas não se embriague dela.

A vida não comporta edições. Algumas coisas saem boas, outras nem tanto. E justamente essa imperfeição que nos constrói. Se eu fizesse alguma emenda, por menor que fosse, não seria o que sou hoje. Se isso é bom ou ruim? Não importa. O que interessa é que eu seja todas essas eus.

25/38

amigos jeans e camiseta

Harvard confirmou: nada é mais relevante na felicidade das pessoas do que bons relacionamentos pessoais. Foram mais de oito décadas de pesquisa que deixaram a amizade na frente de dinheiro, sexo, fama e poder.

Amigos de verdade nos traduzem. Sabem como simplificar o que a gente complica sem nunca nos deixar cair na banalidade. Eles nos acalmam, mas também nos confundem, perturbam e provocam. Fazem a gente rir, mas também nos deixam chorar. São eles que nos ajudam a enxergar a nossa melhor versão, ao mesmo tempo que insistem em gostar de nós quando estamos na nossa pior versão.

Amigos nos fazem pensar e nos ajudam a não pensar: o bom amigo pensa por nós. Estão perto nas horas felizes e nas horas tristes, mas principalmente nas horas neutras, nos dias jeans e camiseta, nos momentos em que não queremos festa, barulho nem conselhos.

E a gente confia tanto que quando está junto aumenta o volume dos pensamentos. Libera as mais rasas bobagens e os mais profundos sentimentos, que o amigo ouve e entende, sem distinção. Para eles, abrimos segredos que nem sabíamos que guardávamos, desnudamo-nos, sem vergonha, entregando a nossa história, para que nela eles se entrelacem.

Amigos têm um poder extrassensorial de captar os olhares, interpretar os sonhos, compreender os silêncios. Têm o poder mágico da onipresença. Conseguem ser sinceros sem atalhos, mesmo que isso lhes dê mais trabalho. Porque amor de amigo não é um amor preguiçoso. Amigo de verdade nunca é mais ou menos.

Mas a amizade, para dar certo, tem que envolver pessoas um pouco diferentes e um pouco iguais. Conseguir filosofar ideias prosaicas, ter loucura e lucidez, ter um pé na areia e outro no asfalto, ser comprometedora e libertadora, fútil e útil. Amizade das boas não tem medo de contradições, como tudo que é real na vida.

A amizade saudável é sempre jovem, moleca, nunca envelhece. Não tem hora certa, não tem frio nem calor para atrapalhar. Não tem desculpinha nem panelinha. Pode ter ciúmes, mas não inveja. O bom amigo torce por nós, consegue ficar feliz com o nosso sucesso, com a nossa magreza, com a nossa riqueza.

Temos os amigos de infância, da faculdade, da praia, da profissão, do esporte, do prédio. Os pais de amigos dos filhos que viram amigos, e os filhos dos amigos dos pais que viram amigos. Tem os 20 mil amigos nas redes sociais, mas esses não contam. Tem os amigos que moram longe e os que não estão mais aqui, mas continuam perto, dentro. Tem os novos amigos, que nos fazem querer voltar no tempo para ter sido amigo desde criança.

Posso contar nos dedos das mãos os meus amigos. Não preciso de muitos, sou feliz com meus poucos muitos amigos.

26/38

um trilhão por um triz

A Mega-Sena estava acumulada. Não lembro quanto, mas era muito dinheiro. Quando passa de um certo valor eu perco a noção, milhão ou trilhão para mim é tudo igual. A lotérica ficava bem em frente à Kopenhagen, onde eu tinha parado para um café, numa pausa entre dois compromissos. A fila era grande. Tipos diferentes de pessoas, unidas por um único olhar esperançoso.

Sem calcular, me deixei ser levada até a lotérica.

Entrei na fila e observei as placas, os olhares, as cifras. Comecei a levar a história a sério. Tão sério que tive um rompante de certeza de que eu seria a ganhadora do prêmio. Tudo conspirou a favor, afinal eu 1) não costumava estar adiantada para compromissos, 2) me sentei, não por acaso, para um café, 3) bem em frente à lotérica, 4) justo na última hora restante para concorrer ao 5) prêmio acumulado. Estava tudo orquestrado. Entendi, naquele momento, o porquê de nunca ter ganho até então sorteios, rifas, vale-brindes: minha cota de sorte estava reservada para aquele grande dia.

Olhei para o relógio e constatei que se eu permanecesse na longa fila chegaria atrasada para a reunião. Mas àquela altura não importava mais o cliente novo a ser captado, eu já era uma milionária, ou trilionária, tanto faz. Só restava formalizar a minha nova situação financeira, bastando preencher meus seis números, predestinados a serem sorteados.

Comecei pelo básico. Contas pagas em dia, piso de madeira na sala, anel novo no dedo, viagens, carro novo, casa pé na areia, casa no campo, helicóptero... não demorou para eu voar longe.

Assim que é, quanto mais a gente tem, mais a gente precisa.

Meu lado espiritualizado até tentou frear os desejos, mas eu já estava totalmente tomada. Eu dependia daquele trilhão.

Uma voz me despertou do delírio com uma pergunta sem importância, típica daquelas que usamos para jogar conversa fora em longas esperas. Começamos a conversar e logo se juntaram outros vizinhos de fila. Depois de alguns *pois és,* resolvemos ser sinceros e diretos, falamos sobre os sonhos de cada um que justificassem enfrentar uma fila tão longa. Trocamos algumas confidências, dessas que só se conta para pessoas que nunca mais encontraremos na vida, e soltamos os nossos desejos sem censuras.

A jovem revelou que caso ganhasse o prêmio, iria correndo trocar suas próteses de silicone com o melhor especialista do país, depois se preocuparia com o que fazer com o resto do dinheiro. O estagiário engravatado prometeu que mandaria o chefe para aquele lugar e teria o seu próprio escritório, onde seria proibido o uso de gravata. A avó, saudosa de seus netos que moravam no interior, disse que realizaria o sonho de comprar uma casa enorme para acolher todos os filhos, netos e bisnetos. Apesar da intimidade lá instaurada, tive vergonha de falar sobre o meu helicóptero e fiz o meu discurso a respeito dos meus maiores desejos: "paz" (a casa nova), "amor" (a aliança de brilhantes), "segurança" (o carro novo) e "simplicidade" (a casa pé na areia). Não achei necessário revelar os parênteses.

O rapaz de trás, que tinha uma aparência humilde e sofrida e até então apenas participava da conversa como ouvinte, finalmente se manifestou. Explicou que não era sonho, era necessidade. Disse que "simplicidade" ele já tinha, mas que precisava apenas da "segurança" de ter comida para dar aos filhos. Isso lhe garantiria "paz" e "amor".

Nos calamos. Sentimos vergonha. A moça do silicone olhou para o chão e ajeitou o sutiã, a avó pegou o celular para checar as mensagens dos netos, o estagiário alargou a gravata que o sufocava. E eu pagaria aquele trilhão para deletar as nossas confidências feitas minutos atrás.

A fila ficou lenta e pesada. Finalmente chegou a nossa vez.

Enquanto procurávamos no fundo da bolsa um troco para pagar a aposta, o rapaz segurava firme na mão uma moeda e duas notas amassadas, um dinheiro suado.

Pegamos as canetas prateadas presas por uma corrente, preenchemos os números e pagamos no guichê.

Não foi necessário combinar com os meus amigos de fila, nossos olhares já haviam se entendido. Fomos todos em direção ao desempregado e lhe entregamos os nossos bilhetes, não sem antes anotar os números apostados.

Na esquina seguinte, joguei o meu papel num cesto de lixo, pois sabia que meu coração não suportaria sentimentos tão bipolares se soubesse que ele tinha ganho os meus trilhões.

Não voltei à lotérica depois daquele dia, mas prometi a mim mesma que na próxima vez iria devidamente preparada para não fazer mais amizades na fila.

27/38

a casa da vó

Na casa da vó tem muitos doces. Pirulitos, balas, palavras, olhares, afagos. É o lugar de onde se sai feliz, mesmo quando se entra triste. O lugar do "está tudo bem", do "você é especial", das pseudo broncas e dos beijos babados dos avós babões.

Casa de vó tem móveis clássicos e lustres pomposos. Há capa nos sofás, cristaleira, samambaia, cortina de voil, toalha de renda. Há louças e relíquias antigas para nos lembrar de que antigo não é sinônimo de velho e que, assim como os avós, os verdadeiros tesouros se tornam mais preciosos com o tempo.

A casa da vó está sempre cheia. Primo, tio, vizinho, encanador. E mesmo quando não tem gente, ela nunca está vazia. Porque tem milhões de memórias nas fotos desbotadas dos que vieram antes, e trilhões de esperanças nas fotos coloridas dos que vieram depois.

Tem cheiros e sabores que só casa de vó tem. Um cheiro sei lá do que, de casa limpa, confortável. Cheiro de rosas, no vaso; da água de rosas, na cozinha; da colônia de rosas, na pele. Tem sabor de comida cremosa, fritura, refrigerante, gordura saturada, tudo que faz mal... e como faz bem. A casa da vó, tanto faz a comida, tem sabor do que a gente quiser.

Tem mais livros do que telas. Livros que foram lidos, livros que são livros, não cenário ou decoração. Tem tabuleiro de xadrez, gamão, baralho de cartas Copag gastas.

Lá o terreno é livre, onde os netos, com sua sabedoria inventada, acreditam e se gabam por saber tudo. Enquanto os avós, disfarçando sua sabedoria, fingem acreditar que não entendem nada da vida. E fingem tão bem que acabam aprendendo com os netos, e deles aprendendo, ensinam que nunca se deixa de aprender na vida.

Lá também se pode falar de tudo, porque a casa da vó tem ouvidos que dominam o escutar. Sim, lá tem raridades.

É onde os netos falam mal dos pais com a conivência dos avós. É lá o lugar em que primos viram irmãos. É onde se consegue presentes fora de época e massagens intermináveis. É onde os netos obtêm vantagens abusivas, em que os que mais levam vantagens são os avós.

Na casa da avó tem um sotaque diferente. De um lugar longínquo, de um tempo longínquo. Um sotaque com histórias, que fala por si. Mas tem também as histórias contadas que fazem arregalar os olhos dos netos e os levam para viajar ao encontro daqueles sotaques longínquos.

Vale tudo na casa da vó. Brincar com a careca do vovô, fantasiar-se com as roupas da vovó, tomar banho de espuma, pular na cama dos avós. Os mais liberais deixam até riscar a parede com giz de cera. Só não vale destruir, desrespeitar. Porque lá é o palácio, onde os netos são reis. E por serem reis, desejam brilhar. E por desejarem brilhar, tiram o melhor de si. Eles sabem que esse palácio é também um santuário, uma escola, um núcleo, um ninho. O centro do amor. Porque a casa da vó, tem avós.

28/38

testosterona x estrogênio

Louça suja, pratos para todos os lados, toalhas de banho no chão, camas desarrumadas, areia por toda a parte, potes de requeijão sem tampa na geladeira, pelos nos sabonetes, seis protetores solares abertos, sungas salgadas penduradas no varal por um barbante.

Será que ninguém mais percebia aquela bagunça? Sim, eles percebiam. Pior! Não se incomodavam.

Férias com a família numa casa de praia. Por família, entende-se: cinco marmanjos, dois amigos dos marmanjos e o marmanjo pai. Total, oito homens e uma mulher, incluindo eu.

Nos primeiros dias, eu chegava da praia e, quase que instintivamente, ia direto para a cozinha lavar a louça do café da manhã. Enquanto o almoço ficava no fogo, eu esticava as camas, catava bermudas pelo chão, fechava as tampas das pastas de dente, colocava a mesa do almoço, mexia o arroz na panela, tirava a areia da sala e falava ao telefone com amigas. Tudo ao mesmo tempo, coisa que homem nunca vai entender. Enquanto isso, os homens sentados com suas sungas molhadas no sofá eram abduzidos por seus celulares. Não raciocinavam, nem sentiam, coisa que mulher nunca vai entender.

Os meninos se divertiam tirando sarro um do outro, socando-se, empurrando, dando caldo no mar, fazendo competição de arroto, alegrando-se com a derrota do time adversário.

A saga se repetia progressivamente. Ninguém ajudava, ninguém agradecia e alguns ainda reclamavam quando a comida demorava para chegar à mesa. O sistema foi, assim, se estabelecendo com uma espantosa aparência de normalidade.

Lá pelo terceiro dia, quando todos roncavam na sala e eu recolhia os restos de pipoca no sofá, percebi a fragilidade do sistema. Decidi colocar ordem na casa, ou melhor, deixar de colocar ordem na casa, para colocar ordem no sistema. Acordei os rapazes aos berros e fiz o meu discurso. Silêncio e olhares assobiadores. Fui além, agreguei ao meu protesto ideias separatistas. Informei que não mais compartilharíamos o mesmo espaço e que cada um cuidaria do seu. Era isso ou encurtar as férias. Mais silêncio. O que me fez considerar que a nova política estava democraticamente instaurada.

A casa foi repartida em duas alas, a feminina e a masculina, e as tarefas distribuídas equitativamente. Eu cuidava do meu terreno com tranquilidade e quando circulava pelo terreno vizinho passava por cima das toalhas no chão sem titubear.

Não demorou para a ala Y clamar por menos independência e recorrer à ala X em busca de ajuda. O banheiro feminino foi invadido por caçadores de shampoo (condicionador para eles não existe), papel higiênico, cortador de unha, Band-Aid, toalha limpa. Permaneci firme e reiterei a proibição deles entrarem no meu domínio sem a minha permissão, o que significava boas trocas.

A comida não vinha mais sozinha à mesa, eles entenderam. Descobriram também que roupas não se levantam sozinhas do chão, que requeijão dentro de pote aberto endurece, que cadeira não é varal, que sunga com água do mar molha o sofá, que se deixar fora da geladeira estraga, entre outras obviedades.

Começaram a me tratar melhor, ouvi algumas gentilezas e, aos poucos, foram até se prontificando a ajudar em funções que não eram deles.

Vale dizer que a conversa mais profunda que tive nessa temporada foi com a moça da peixaria. Meu freezer se encheu de linguados, tilápias e robalinhos, que serviram para alimentar bocas e nutrir a minha amizade feminina das férias.

Justamente quando estava tudo no mais perfeito equilíbrio, eles foram ficando implicantes. Começaram a levar a sério demais a limpeza e as tarefas. Ficavam histéricos com um grão de areia no chão. Uma chatice. Todos, de repente, com TPM. E ainda deram para ficar sentimentais, me chamando de mal-agradecida quando eu não elogiava o ovo cozido do jantar, choramingando que faziam tudo por mim e pela família, um falatório sem fim.

À noite, com eles exaustos, eu conseguia assistir às minhas séries e ler com tranquilidade, coisa que só boas férias conseguem nos proporcionar.

Como é bom viajar com garotos.

29/38

vai passar

Tem dias na vida que o tempo fica feio, nebuloso, cinzento. O coração se encolhe, o estômago fica embrulhado, as mãos ficam fracas e a única vontade que você tem é de se recolher. E pausar tudo. Mas a vida manda você seguir.

E você é obrigado, com o estômago embrulhado, a fazer cara de forte, a sorrir para o vizinho, mesmo que isso lhe cause ainda mais dor no coração. E é obrigado a digitar, assinar, dirigir, cuidar, tratar, levar o aspirador para o conserto, pagar, responder mensagens, seguir em frente. Porque o mundo não pode parar só por causa do nó no seu estômago e do seu coração estraçalhado.

E tudo vai passar, você sabe, mesmo que não saiba como vai aguentar e se vai aguentar.

E o tempo — às vezes, amigo, às vezes, cruel — faz algumas dores diminuírem e outras aumentarem. Mas o tempo não está nem aí para a sua dor e, embora ele pareça estar congelado, o relógio segue infalível. Pois ele não tem tempo para esperar.

Então, fragilizado, você chora só porque o motoqueiro encosta no espelho do seu carro, porque aquela música toca na rádio, porque a sua amiga não atende o telefone no minuto em que você mais precisa dela ou porque o botão da sua camisa está frouxo, pendurado por um fiozinho. Chora pelo mendigo que pede esmola.

Nessa hora, passa por você uma pessoa bronzeada correndo na rua, um casal apaixonado, amigos gargalhando como se não tivessem nenhum problema na vida. E você chora mais ainda, lamentando as injustiças da vida, esquecendo-se das coisas boas que você tem. E se esquece também de que tudo vai passar, entregando-se à eternidade que é cada minuto de sofrimento.

Quando você vai buscar o aspirador do conserto, o homem lhe sorri e, sem nenhuma lógica, a sua dor cede espaço para um milímetro de esperança. E, mesmo sem sentido, o primeiro raio de luz aparece no seu dia escuro. Quando o motoqueiro pede desculpas por ter encostado no seu espelho, você vê que o mundo não é tão injusto assim. E sua amiga retorna a ligação, o que faz o seu estômago se desembrulhar e seu coração voltar a respirar um ar mais leve.

No entanto, aquela música volta a tocar no rádio e ela te lembra de que você está triste. O farol fica vermelho e o tempo se fecha novamente. O mendigo passa pela sua janela, você abre e dá um trocado. Ele percebe suas lágrimas: "Deus te abençoe. Não chora, não, madame." Você chora ainda mais, sem saber pelo quê. E antes do verde do farol, ele lhe dá um grande sorriso, mais gengiva do que dentes, e diz: "A vida é muito bonita para você matar ela com sua tristeza, moça." Você chora de alegria e de tristeza ao mesmo tempo. Por você, que acha que está triste, e por ele, que acha que está feliz.

Você arrisca uma música comovente. E vence. Ouve até o final, com o coração inteiro e as mãos ainda mais firmes do que estavam antes do tempo se fechar. Percebe que o amargo nem sempre é amargo e que crescer às vezes dói. E agradece ao relógio que não te permitiu parar, à vida que te mandou seguir, ao vizinho que te obrigou a sorrir, ao aspirador que quebrou e a tudo que te mandou viver. Finca no peito a lembrança do poeta desdentado que te provou que a vida é muito bonita para matá-la com a sua tristeza.

Vai passar, se você deixar, já passou.

30/38

terapias paralelas

DIVÃ I: o jovem e a mãe

O filho:
— Minha mãe não tem tempo para mim, doutor. Sou a última das prioridades dela, por mais que ela me fale todos os dias que me ama. Ela vem querer conversar nas piores horas, quando estou no meu quarto ou mexendo no celular ou com a cabeça em outro lugar. Mas é ela que vive ocupada, está sempre na correria, até para me buscar da escola. Só porque tem que voltar correndo para o trabalho, grande coisa. Ela não está nem aí para mim, essa é a verdade. Com certeza nem imagina que peguei recuperação. De noite, quando eu peço massagem, ela diz que está cansada e que ainda tem que cuidar de "coisas". Coisas, coisas, coisas... e eu?

— Você já tentou explicar o que sente para ela?

— Tá louco, ela nunca vai entender. Aliás, ela vai estar ocupada com "coisas", não está interessada em me ouvir.

A mãe:
— Ele é um garoto incrível. Está crescendo lindamente. Generoso, bonito, divertido. Esse ano deu uma piorada nos estudos, tirou quatro em matemática, pegou três recuperações. Já marquei reunião com a coordenadora da escola. Mas está tão difícil conseguir conversar com ele, acho que é coisa de adolescentes mesmo. Eu largo tudo no trabalho para buscá-lo na escola, todos lá já sabem que isso é sagrado para mim, ele entra no carro e responde monossilabicamente às minhas perguntas. E nas vezes que faz o favor de sair comigo, só sabe reclamar e no fim conclui que eu sou culpada por tudo que dá errado na vida dele. Sinto falta da nossa proximidade, de quando ele me deixava participar nas coisas dele.

— E você já tentou falar isso para ele?

— Impossível, ele não vai querer nem ouvir. Não dá para invadir, o jeito é esperar.

DIVÃ II: o chefe e o funcionário

O chefe:

— Se não fosse ele na empresa, eu estaria perdido. Além de ser um ótimo funcionário, supercompetente, ele se dá bem com todo mundo. Ele é tipo caxias mesmo, durante esses oito anos faltou uma ou duas vezes. Eu sei que ele merece ganhar mais, mas acho que está satisfeito. Ficar valorizando demais pode estragá-lo, é melhor esperar ele pedir um aumento. Graças a ele, eu vou poder tirar uns dias para viajar sem me preocupar.

— Você já demonstrou esse reconhecimento que tem por ele?

— Eu o trato bem, com respeito, pago em dia. Já não tá bom?

O funcionário:

— Amanhã entrego minha carta de demissão. Recebi uma ótima proposta, com salário bem mais alto, além de todos os benefícios. Não que eu não goste da empresa, mas não vejo mais como crescer. Não recebo nenhum incentivo, estou com o mesmo salário faz cinco anos. Meu chefe me trata bem, mas não valoriza o tanto que trabalho. Eu luto pela empresa como se fosse minha, mas infelizmente ele não percebe.

— Seu chefe sabe que você não se sente valorizado?

— Isso não mudaria nada, não se pede esse tipo de coisa. Ou a pessoa te valoriza, ou não. A fila andou.

DIVÃ III: o pai septuagenário e a filha
O pai:
— Ela continua ingênua igual quando era criança. É tudo um drama, acha que eu não sei me virar sozinho, que tenho que me aposentar, cuidar mais da saúde. Quer saber? Eu estou mais forte e lúcido do que ela. Ela me sufoca com tanto controle. Tenho que fumar escondido, olha que coisa mais ridícula. Ela é que tem que cuidar da vida dela e se divertir mais com o pulha do marido. Quando vem com uma lista de instruções, a única forma de fazê-la parar é dar uma de esquecido, faço uma cara estranha e pronto, ela para na hora. Meus netos, sim, esses me divertem, me entendem, e até ajudam a criar minhas estratégias de fuga desse controle tão cerrado.

— E você já conversou com ela sobre isso?

— Ela não tem maturidade para entender. Continua uma criança. Deixa ela se sentir útil achando que a gente é inútil.

A filha:
— Meu pai não se cuida. Trabalha oito horas por dia, sai três vezes por semana para se intoxicar de café com os amigos. Depois chega em casa e ainda cozinha para minha mãe. Ele diz que tem prazer nisso, mas é pura teimosia, ele não tem essa força toda. Anda tendo uns lapsos de memória e de concentração, quando eu tento passar as minhas orientações, por exemplo, ele parece que se perde, fica esquisito. Pelo menos parou de fumar. Se não fosse eu ficar em cima, controlando. A verdade é que meus pais dependem de mim.

— Você acha, então, que seus pais, mesmo ativos, dependem de você só porque têm setenta anos?

— Sim, quero dizer, não. Ah, sei lá, só sei que eles precisam de mim.

DIVÃ IV: o marido e a esposa

O marido:

— Te contei, doutor? Estou programando uma viagem surpresa para comemorar o nosso aniversário de casamento. Portugal. Ela sempre quis conhecer. Já combinei tudo com a minha sogra, vai ficar com as crianças. Vinte anos de casado, quem diria, e eu continuo absolutamente apaixonado por ela, cada dia mais. A idade deixou ela ainda mais linda, ficou mais sofisticada, entende? Ela tem reclamado que estou estressado, isso nos distancia justamente porque acho que é ela que quer ficar longe de mim. Não tolera pessoas estressadas. Daí a gente acaba esfriando, e eu não sei como me aproximar. Quando ela está dormindo, aí sim, fico horas olhando pra ela, babo mais do que ela baba no travesseiro, e coloco pra fora todo o meu amor.

— Por que você não declara o que sente por ela quando ela está acordada?

— Ela já sabe, é tão óbvio! E ela é do tipo que não gosta de ninguém muito em cima. Melhor deixar ela entender pelo meu olhar.

A esposa:

— Ele não gosta mais de mim, não me nota mais. Ele anda tão estressado, tão ensimesmado nos problemas do dia a dia. Eu sei que as coisas não são fáceis, trabalho, responsabilidades. Mas se eu ainda fosse importante para ele, com certeza não estaria desse jeito, tão desanimado, tão frio. Há quanto tempo a gente não viaja? Há quanto tempo ele não me faz uma surpresa? Há quanto tempo ele não me diz que estou bonita, que gosta de mim? O fato é que ele se desligou. Sinto falta de nós. Ele não gosta mais de mim. Me dá esse lenço de papel aí, doutor.

— E você já falou para ele que você sente falta do "nós" de vocês?

— Para falar desse "nós", e ele ouvir, teria que desatar muitos nós dentro dele. Ele nem quer saber, melhor deixar assim, quem sabe um dia ele se toca. Ou, sei lá, eu me toco.

DIVÃ V: epílogo: o terapeuta e sua esposa

O terapeuta:

— Oi, querida, o que tem para jantar hoje? Estou exausto, o dia foi longo. Cada paciente que me aparece. Será que algum dia eu vou conseguir fazer esses loucos entenderem que não existe uma única versão das nossas histórias? Quantos anos de terapia esses lunáticos vão precisar para entender que cada situação tem várias narrativas sobrepostas? Eles não enxergam, por isso que deixam tantos buracos nos relacionamentos. Depois vêm chorar no consultório. Assim esses mentecaptos nunca vão conseguir fazer com que as narrativas dialoguem entre si. Mas e aqui em casa, querida? Está tudo bem?

A esposa:

— Seu filho está enfurnado no quarto de mau humor, não quer papo, diz que a gente nunca vai entender ele. O seu assistente acabou de deixar uma carta de demissão e deixou uma observação: decisão irrevogável. Seu pai anda fumando escondido, e não é só cigarro, sua irmã encontrou umas ervas na gaveta dele. E quer saber? Eu não aguento mais! Você não liga mais para mim, só pensa nos seus pacientes, nos seus problemas, nos seus pais. Virei invisível na sua vida. Você não gosta mais de mim, virei feia e desinteressante aos seus olhos. E ainda tem a cara de pau de perguntar se está tudo bem por aqui?

31/38

medo, medinho, medão

Barata? Medo. Medo da barata, dos fungos, bactérias e parasitas que essa medonha barata carrega; das medonhas doenças que podem causar esses medonhos fungos, bactérias e parasitas que a medonha barata carrega. Medo, enfim, do produto e do subproduto do medo inicial.

Assim agem os nossos medos, paridores de outros medos. Quem dera pudéssemos esmagá-los com uma chinelada, tal qual fazemos com uma barata. Se bem que barata morta também provoca medo. Medo do nojo.

Alguns medos nos protegem, outros nos paralisam. Tenho medo dos medos que nos imobilizam. Pois são esses que nos vencem.

Passei a infância com medo de Mertiolate e de barulho de motorzinho de dentista. Medo do som mesmo, que dói mais do que o próprio motor. É o medo do porvir, que quase sempre é maior do que o que de fato virá.

Já tive medo de não engravidar, hoje o medo é de engravidar. Já tive medo de parecer ridícula, de parecer (ser) normal. Medo de fazer uma festa e ninguém aparecer. Medo de não ser correspondida, medo de não corresponder.

Tenho medo do vestido ficar apertado. Medo de perder o apetite e a vontade de beber. Medo de radicalizar o corte do cabelo e não gostar.

Medo de perder: um jogo, uma aposta, um objeto, o backup. Sobretudo, medo de me perder de mim.

Medo de cair, de ralar os joelhos ou de quebrar um osso. Medo de machucar alguém. Medo de me ferir. Medo do produto e do subproduto desse medo, pois machucam mais os que mais nos importam. Medo, enfim, de me decepcionar.

Medo de gente que não sabe amar. Ama-se uma ideia, um cachorro, um ofício, uma arte, uma comida, mas é urgente amar gente. E não basta amar, tem que saber amar. Quem não sabe como, só faz mal a quem acha que ama, por não saber que na verdade não ama, justamente por não saber como amar. (Medo de não ser compreendida nessa complexa construção sobre o medo de não saber amar.)

Medo da preguiça, da falta de leveza. Medo da escuridão total. Medo, igual, da clareza do refletor mirando na minha cara também. Medo de enxergar imperfeições que eu escondo até de mim mesma. Medo do espelho fiel e do amigo infiel.

Medo de culpas. Medo de quem vive pedindo desculpas. E de quem não tem capacidade de pedir desculpas. Medo de quem tem medo de errar. Dos fracos demais. Dos que se acham grandes demais.

Medo de quem não aceita ideias contrárias. E de ser assim também. De não ultrapassar meus preconceitos e crenças, de não conseguir mudar de opinião, de ter que provar alguma coisa para os outros.

Medo de não ousar, de parar de criar e de me transformar.

Medo de mentiras. Minto: medo de verdades!

Medo de não perceber. Medo de perceber demais e de não conseguir perdoar. Medo de não saber a hora de parar, medo de ir além ou ficar aquém. Medo de ser tarde demais.

Medo de não fazer diferença. Medo da indiferença, que é o vácuo, a apatia, o nada, a desistência. Medo de perder a fé.

Tenho medo de medos que eu tenho até medo de falar.

Aos destemidos que dizem não ter medo de nada, falta-lhes a coragem de sentir o medo. Mal sabem eles que é do medo que nasce a coragem.

32/38

uma boa ouvinte

Eu me esqueci de mim, estava inteira para ela.

Acontece com todo mundo. Uma pessoa te cumprimenta, surge um branco na memória, você não se lembra quem é. Nem nome, nem de onde, nem de quando. Foi numa dessas que aprendi a ser uma boa ouvinte.

Ela começou com um "querida, que saudades", me deu dois beijinhos enquanto eu fazia esforço para ativar a memória. Faculdade? Trabalho? Infância? Esportes? Praia? Bairro? Nada. Só neblina. Cheia de intimidade, ela começou a falar. Prestei muita atenção em cada palavra que saía daquela boca desconhecida, franzindo os olhos feito uma míope sem óculos para tentar decifrar o enigma. Ela foi logo despejando os seus problemas, falava sem parar.

Não olhei para o celular nem para os lados, eu me esqueci de mim: estava inteira para ela. Escutei até as vírgulas do seu relato. Não podia deixar escapar nada, certa de que descobriria a sua identidade. Mas o apagão da memória insistia. Depois de ouvir o seu desabafo, e mesmo sem ter ideia de quem era, me compadeci. Ela passava por uma crise profissional, estava mal com o marido, os filhos saindo dos trilhos. "Estou acabada, amiga. Você não percebeu como eu engordei?" Respondi com uma mentira generosa: "Que nada menina, você está ótima, sua pele está até melhor."

Sensibilizada com a sua história, eu a convidei para um café. Até tentei alguns conselhos, mas percebi que o que ela precisava mesmo era falar. Ela devorou um sanduíche, uma torta e tomou um chá. Uma hora depois pedimos a conta. Fiquei orgulhosa de mim por tê-la ouvido tão bem e tão profundamente, e percebi que os melhores ouvidos são os que fazem o outro ouvir a si mesmo. Na despedida ela me falou: "Você não imagina como me ajudou. Me liga, não some tá, Solange?" Me deu dois beijinhos e sumiu. Na hora emudeci, não deu nem tempo de falar: eu não sou a Solange.

Ela ganhou uma terapia e um almoço de graça, e eu ganhei uma Solange imaginária, que às vezes vem para me lembrar do que é escutar alguém de verdade.

33/38

infelizes felizes

Duas mulheres estão em uma viagem de trem, quando uma delas começa a reclamar:

— Ai que sede que eu tô, ai que sede que eu tô...

Não há água para vender dentro do trem e a mulher, cada vez mais seca e mal-humorada, insiste:

— Ai que sede que eu tô, ai que sede que eu tô...

Sua companheira de viagem tenta distrair o desconforto da amiga, mas ela só quer saber mesmo é de se lamentar por sua sede. E assim segue até chegar à próxima parada.

Quando chegam finalmente a uma estação, tomam água até se saciar, ao que a mulher continua a resmungar, sofridamente e com a mesma secura, até o final da viagem:

— Ai que sede que eu tava, ai que sede que eu tava...

Com certeza você conhece essa pessoa. Está sempre com algum problema: dor, saudade, frio, poluição, sono, ressentimento, decepção. Vive se equilibrando entre uma mágoa e outra e se agarra a dores, reais ou imaginárias, tanto faz, que usa para salvá-la de sua própria incompletude.

Essa pessoa vive ao contrário: se feliz, sente-se vazia e, quando triste, a vida volta a fazer sentido. Até quando sorri, carrega uma angústia que escancara um sofrimento que finge esconder, mas que no fundo precisa externar. O sofrimento, para ela, é nobre, produtivo, inegociável e moralmente superior a qualquer sentimento de felicidade ou de satisfação vulgar.

Na rua, você reconhece de longe. Anda segurando firme a bolsa, protegendo-se dos cinco assaltantes que, por certo, a estão perseguindo. Leva consigo um guarda-chuva. Se chove, reclama da chuva, se não chove, reclama que carregou inutilmente o guarda-chuva.

Mal você a encontra e ela começa a disparar as suas lamúrias. Narra com detalhes as novas varizes que surgiram na sua perna até chegar às veias e artérias do seu coração sangrento. Família, vizinhos, chefe, empregados, amigos, todos conspiram contra ela. E para piorar tem a dor nas juntas, a bolha no pé, os preços altos, a pouca vergonha na novela das oito.

E você percebe: a pessoa sente prazer, se deleita, se regozija com o próprio martírio. A primeira reação de quem ouve é tentar consolar ou aconselhar, mas não. A solução dos problemas é a última coisa que essa pessoa deseja. Ela precisa que você se comova, se compadeça com sua dor e corrobore que a situação é realmente grave, irremediável, injusta. Quanto maior a gravidade da situação, mais a pessoa flutua, fica leve, na gravidade zero de seus lamentos.

Nem nas férias há descanso na sua fábrica de lamentos. Avião lotado, estrada ruim, comida oleosa, sinal fraco, praia quente demais, neve fria demais. Decepciona-se com a péssima escolha do lugar, do hotel e da época do ano para viajar. Quando vai ao restaurante, quer mudar os ingredientes do menu, reclama da demora, do preço e sempre se arrepende de não ter pedido o prato do amigo. Nem na sobremesa sua amargura dá trégua, o bolo de chocolate é doce demais, prefere mesmo os sabores ácidos e amargos.

Para esse amante do sofrimento, psiquiatras e psicólogos são todos charlatões, pois eles não entendem que o problema é do outro, e não dele. Acha que terapia é coisa para covardes, esquecendo-se de que tentar ser feliz é o nosso maior ato de coragem. Prefere mesmo ir a médicos, com uma lista de sintomas, e quando sai da consulta sem uma receita na mão, fica desconfiado da capacidade do profissional. Gosta de remédios, sim, pois eles são a prova material das suas moléstias e desgraças. Confia mais nos remédios que ardem, pois acredita que para funcionar, precisa doer.

Esses são os infelizes felizes. E ninguém tem o direito de atrapalhá-los com sua alegria vulgar.

Oh, vida! Ai que sede que eu tava.

34/38

o erro formal

Gêmeos idênticos, Marcelo e Marcelino foram frutos de uma gestação univitelina. Na infância, a mãe gostava de vesti-los iguais, tão identicamente quanto eles eram. Roupas de marinheiro, times de futebol, bonés, suspensórios, pulôveres. Tudo era comprado em dobro, na mesma cor e tamanho. Mas tinha um diferencial: o bordado nas roupas. Um "M" azul para Marcelino, um "M" verde para Marcelo.

Estudaram em um colégio pequeno e, como só havia uma classe por série, frequentavam a mesma sala. Enquanto Marcelino era bom em matemática, Marcelo era bom em redação. Os professores, no entanto, mal registravam essa disparidade pela imagem dobrada, o que facilitava a troca de identidade nas provas. A nota final era, portanto, o resultado da soma das notas de cada um, dividida por dois. Mantinham, assim, a mesma média, equalizada. Nos uniformes, um "M" azul e outro verde.

Puberdade, adolescência... garotas.

Começaram a namorar praticamente na mesma época. Trocavam confidências amorosas, experiências e se apoiavam nas horas de crise. Foram aprendendo sobre si através do outro. Marcelo conhecia as namoradas de Marcelino tão bem quanto este. Às vezes, até melhor, pois as enxergava com quatro olhos: dois de Marcelino e dois dele. Não era diferente com as namoradas de Marcelo.

Com a maturidade, anistiaram-se das roupas iguais, mas mantiveram o mesmo perfume. Identificavam-se nessa mesma essência.

Coincidência ou não, casaram-se no mesmo ano. Marcelo usou o fraque de Marcelino, e Marcelino usou o terno de padrinho que Marcelo usou em seu casamento.

As esposas ficaram muito amigas. Os conhecidos falavam que, embora a esposa do Marcelo fosse loira e a do Marcelino morena, eram muito parecidas. Os quatro vivam grudados. Saíam, viajavam, enfim, faziam quase tudo juntos, das coisas mais importantes às mais corriqueiras.

Contudo, algo não andava bem na vida de Marcelino. Ele se sentia feliz quando estavam os quatro, mas em casa minguava.

Marcelo, atento, chamou o irmão para uma conversa. Marcelino se abriu para o irmão e aproveitou para abrir-se a si mesmo. Falou sobre suas inseguranças, seus sentimentos, seu desânimo com o casamento, que nem tinha completado um ano.

Não demorou muito e Marcelo descobriu que estava igual, o desabafo de Marcelino refletiu o seu próprio estado e lhe serviu de espelho emocional.

Na medida em que elaboravam seus sentimentos, as esposas combinavam com mais frequência os encontros. Arranjavam qualquer desculpa para estarem juntos. O quarteto se divertia, conversava, apreciava vinhos, músicas, filmes, comida. Na hora do tchau, a animação brochava, restando a espera do próximo encontro.

O desânimo individual foi crescendo. Os irmãos concluíram que não podiam mais ser a soma dos dois, dividida por dois. Isso só funcionava com as notas na escola.

Os números estavam certos, os quatro foram feitos um para o outro. O que estava errado era a fórmula. Bomba! Marcelo amava a esposa de Marcelino. E, venturosamente, quem Marcelino amava desvairadamente era a esposa de Marcelo.

O mais difícil já tinha passado, que era chegar a esse entendimento. Com isso, naturalmente veio a luz. Sem muito explicar, os dois concordaram com a troca, assim como trocavam as provas sem os professores perceberem.

O espaço físico não seria problema, pois suas casas ainda estavam inacabadas, como se estivessem esperando o toque final do verdadeiro dono. Driblaram a questão moral, convencendo-se de que o mais indecente de tudo seria continuarem como estavam, na hipocrisia de suas vidas trocadas.

No próximo encontro dos quatro, os irmãos levaram escondidas suas escovas de dentes e combinaram de vestir roupas iguais. Nada mais. O plano estava armado.

A bifurcação dos casais trocados aconteceu. O inverno de São Paulo teve uma noite quente.

Dia seguinte, Marcelo e Marcelino se falaram no telefone, mais códigos do que palavras. As esposas cantarolavam pelos cantos e arrumaram ocupações em casa, não tiveram tempo para se ligar como faziam diariamente.

O sol brilhava dia e noite. As saídas dos quatro, que já não eram tão necessárias, foram se escasseando. Ficaram mais caseiros, terminaram os acabamentos da casa: pintura, maçanetas, luminárias. Marcelo continuou a ler o livro de Marcelino da página em que este tinha parado. Marcelino organizou as gavetas de Marcelo, que agora eram suas.

As mulheres, inteligentes, se fizeram de bobas. E, sem precisar dizer nenhuma palavra, se entenderam. Sabiam da troca das escovas de dentes, das gavetas, do livro começado por um e terminado pelo outro. A esposa de Marcelo fingiu que não reparou no sumiço da pinta na testa de seu marido. A de Marcelino, ensinou seu marido a gostar de chuchu que ele antes não suportava.

Certificados de que a nova felicidade seria duradoura, sem grandes formalidades nem alarde, foram ao cartório e retificaram as certidões de casamento para corrigir o erro formal que tinham cometido. Só fizeram inverter os nomes.

Os gêmeos dos gêmeos nasceram precisamente nove meses depois da troca das escovas de dentes. Saíram os oito, juntos, da maternidade, Marcelo, Marcelino e suas amadas esposas, cada uma segurando dois bebês no colo. Todos incrivelmente parecidos, tal qual um zigoto que se dividira em oito.

35/38

a história de um amor tóxico

Eu te amo, mas inexplicavelmente e porque eu amo algo mais de você do que você, então eu te mutilei.
— Lacan

Quase sempre começa com um amor que se acredita verdadeiro. Assim como acontece nesta história, que não se cansa de se repetir.

Ele a amava tanto que vivia imerso no medo de não estar à sua altura. Delegou ao tempo a tarefa de fazer o amor se aquietar, mas este só fazia o amor aumentar dentro dele. E isso lhe causava raiva.

Ele se corroía de ciúme do encantamento que ela causava às pessoas, ao mesmo tempo que isso lhe provocava um enorme desejo. Não suportava ver a sua amada com ninguém, nem homens, nem mulheres, nem mãe, nem amigas. Para não enlouquecer, preferiu asfixiar o ciúme, mesmo correndo o risco de sufocar, junto, o desejo.

O amor permanecia latente. Sofrido. Para não se desesperar, ele decidiu combater o medo de não estar à altura dela. Insistiu tanto que acabou conseguindo. Passou a forçar um desprezo e aprendeu a diminuí-la contando mentiras para si sobre ela. Fingiu acreditar, cortou as gentilezas, os presentes, os bons tratos.

Vendo o carinho ser cancelado, ela se sentiu desamada, embora o problema fosse exatamente o oposto. Mas mesmo assim ela continuava plena. Ele se atormentou com o brilho inapagável da mulher que tentava ofuscar. Aproveitou a raiva da paixão e inaugurou novos patamares de agressões: aquelas que não deixam marcas roxas, mas que causam dores mais profundas.

Quanto mais ele a afastava de si, mais ficava infeliz. Doía tanto, mas tanto, que tentou outras mulheres para se aliviar daquele amor transbordante. Odiou todas elas, mas depois fez aflorar falsas paixões. Conheceu de perto o amor narcísico.

Ela tentou conversar, entender o porquê de tudo aquilo. Ele optou pelo vazio, preferiu se aprisionar na liberdade de não ter que lidar com o seu amor suicida. Incorporou uma nova tortura: o tratamento do silêncio.

Ela não conseguiu mais ficar imune. Cheia de cicatrizes internas, ficou menos bela, se encolheu, se apagou. Deixou-se morrer aos poucos.

Enxergando essa mulher mutilada, num arrebatamento, ele restaurou a disposição para amá-la plenamente. Deu os presentes atrasados, os bilhetes não escritos, encheu de palavras doces todos os silêncios. Abriu um espaço em seu coração para caber uma tonelada de amor pelo que tinha sobrado dela: uma mulher menor, com o tamanho ideal do amor que ele estava disposto a suportar.

Agora sim, estava pronto para amá-la.

Mas aquela mulher já não existia mais.

36/38

sem rima, sem rotina

O despertador tocou no horário de sempre. Os mesmos cinco minutos extras e depois os três adicionais. Água, comprimido, mais água para descer. Sem olhar para baixo, instintivamente o pé direito se encaixou no chinelo, depois entrou o esquerdo. Cabelo desarrumado no espelho, a mesma cara de sono de ontem, de antes de ontem, do ano passado. No piloto automático, uma escova no dente, outra no cabelo. Limpeza profunda no rosto, primeiro o gel e depois o algodão com o tônico facial.

Só que na hora de me vestir nenhuma cor combinou comigo nessa manhã. Experimentei o verde, azul, preto, branco, amarelo. Resolvi, então, descombinar, vesti uma camisa laranja e uma saia rosa-choque. Foi o primeiro sinal. Coloquei o relógio na mão esquerda (meu normal é na direita) e a aliança na mão direita.

Lente de contato do olho direito no esquerdo e vice-versa. "É isso", me desafiei, "hoje quero enxergar diferente!"

Deu vontade de fazer diferente.
A rotina é mesmo insistente
E quase que automaticamente,
Os hábitos tomam conta da gente.

Livrei-me da rima boba como quem se liberta da rotina. Parei para pensar o que seria um dia diferente dentro do igual de sempre, não descobri a resposta. Mas nem tudo precisa ser entendido. Só sei que depois do ritual matinal, voltei para a cama com roupa e tudo e recusei a pressa histérica das manhãs. Ouvi uma música inteira. Fechei os olhos por cinco minutos, que valeram por cinco horas. Levantei-me com o pé esquerdo, sem medo.

Na hora da ginástica, não corri, não nadei, não fiz yoga. Menos caloria gasta, mais energia ganha. Simplesmente respirei e senti meu nariz puxar o ar, alonguei e abri espaços para caber novos ares dentro de mim.

No trabalho não foi diferente, ou melhor, foi tudo diferente. Ouvi mais do que falei, li mais do que escrevi, fiquei mais de pé do que sentada. Peguei o último papel da pilha que eu sempre adiava e enfrentei, enfim, o documento.

Que alívio, fazer as coisas de trás para a frente.
Às vezes, fica até mais coerente
Do que fazer naturalmente.
Deixa a gente mais presente.

Apesar da rima vulgar me perseguir, insisti no diferente. Na volta da escola, peguei a rua paralela, subi uma ponte e fui parar em um túnel.

— Esse caminho tá estranho, mãe.

— Filho, às vezes, a gente acha que só existe um caminho, mas tem muitos jeitos diferentes para se chegar ao mesmo lugar.

Tentei explicar que trânsito, gente chata, problemas sempre vão existir, seja num caminho ou no outro, mas que de vez em quando é bom variar. Quando me perdi, ele abriu o aplicativo em busca do caminho alternativo e fez do nosso percurso uma caça ao tesouro. Ele se esqueceu do joguinho, e eu das notícias da rádio e, juntos, conseguimos chegar sãos e salvos à nossa casa, o nosso tesouro.

No meio da tarde, mandei uma mensagem romântica. Ele respondeu preocupado: "Tá tudo bem, amor?" Insisti, fui além e liguei, mas ele não atendeu, "reunião, depois te ligo", finalizando com um emoji com beijo de coração. Pensei: *Não tem nada mais antibeijo do que um emoji de beijo*. Mas antes de rimar "amor" e "dor", lembrei-me de que quem estava com a aliança na mão direita era eu, e não ele. Eu era a noiva, já para ele, estava tudo conquistado.

Desliguei o celular às 7 horas, que normalmente a gente chama de 19, mas como era pra ser tudo diferente, chamei de 7. Não fui às fofocas das redes, não assisti a séries nem notícias. Experimentei um silêncio um tanto perturbador, igual a tudo que liberta.

Ficou tudo desligado,
Nem sequer foi programado.
Mas algo de bom foi conectado.
E eu saí do meu quadrado.

A rima fácil insistiu, mas eu resisti. Não foi beijo na bochecha, foi beijo no umbigo. "Crianças, hoje são vocês que vão ler para mim uma história", e acrescentei, "e do fim para o começo." Elas riram. Depois da metade do conto, já conhecendo o final, inventamos outros inícios, que levaram a outros finais. Era o mesmo livro, mas uma história diferente que nem o livro conhecia.

Antes do pijama, quis um outro banho. Esfriei a água e senti na pele uma água diferente. Não comecei pela axila esquerda. Fui pelo joelho, depois testa, tornozelo, nuca. Fiz uma lavagem desordenada e terminei por onde sempre começo, pela axila.

Com minha mente exaurida pelo esforço de um dia inteiro desigual, adormeci rapidamente, sem tempo de dar o boa-noite protocolar de todas as noites. Dessa vez, dormi no lado esquerdo, no outro polo da cama. Foi diferente, o que sempre fica longe, ficou perto. O colchão sentiu um peso transmutado e, com sua espuma flexível, me acolheu.

Com tudo invertido, tive sonhos leves e espelhados, sem saber qual será a rima do amanhã.

37/38

uma d.r. com o tempo

Faz tempo que estamos adiando essa conversa. Eu não tenho paciência para discutir relações, e você não tem tempo para isso. Mas não tem jeito, já que vamos ter que conviver pelo resto da vida, pelo menos da minha. Não temos outra alternativa senão encarar as nossas diferenças, aceitar-nos e tentar viver em harmonia, sem contratempos.

Não é novidade que, de quando em quando, nossa relação fica conturbada. Os instantes em que quero você mais lento, é quando você mais corre; e nas horas sofridas, você faz questão de diminuir a marcha. Você faz as férias passarem rápido, os filhos crescerem rápido, os dias passarem rápido, faz algumas dores parecerem intermináveis, as angústias, duradouras, os conflitos, eternos. E depois de um tempo, que você decide quando, abre o tempo e resolve curar as dores, trata de remediar as angústias e fazer sumir os conflitos.

Você é um desvairado, insistente, incansável. Só sabe seguir, seguir, seguir e fica tonto de tanto rodar no relógio. Não desacelera para tomar um fôlego, para pensar, para decidir o que faz com o *seu* tempo. Você é daqueles que se deixa ser levado por si. Respeito a sua natureza obstinada, mas é injusto querer me levar com você no seu ritmo. Tenho um compasso diferente, que nem sempre quer te acompanhar.

Você precisa se dar um tempo e, na mesma medida, nós também precisamos de um intervalo um do outro, ter que caminhar juntos o tempo todo, às vezes me sufoca. Queria poder viver sem você me vigiar. Poder te pausar, te congelar, te fazer voltar atrás, reviver alguns momentos, trazer para hoje algumas coisas que você deixou para trás. Queria poder avançar um pouco, visitar o que vem pela frente, e depois retroceder para tentar fazer melhor. Queria, enfim, fazer do meu tempo o que eu bem entendesse, pois o meu tempo pertence a mim.

Sei que eu também não tenho te tratado muito bem, não dou o valor que você merece. Todas as manhãs eu me proponho a não te desperdiçar, mas algumas armadilhas me sugam e me fazem esquecer da sua importância, como se você fosse ficar para sempre comigo.

A gente precisa um do outro. Você dita o mundo e todos te obedecem. Perto da sua grandeza, sou uma nanopartícula de grão de areia que passa pela sua ampulheta infinita. Mas se não fôssemos nós, o que seria de sua ampulheta vazia?

Respeite a sua fadiga, respeite a minha fadiga; permita-se mudar de ideia, seja mais flexível. Vamos tentar equilibrar essa relação, para o bem de ambos. Ainda é tempo, ainda dá tempo.

E prometa me dar muito tempo pela frente.

$$\frac{38}{38}$$

desmemoriada, eu?

Aposto que você está igual. Se disser que não, é porque não se lembra. A chave de casa, o celular, o pão na torradeira, a caneta no cabelo, datas, fisionomias, alguma coisa sempre escapa. Ultimamente, o instante de eu ir até a cozinha é o suficiente para apagar da memória a razão de ter ido até lá. Mesmo assim, eu garanto: minha memória está em plena forma.

Não é porque eventualmente eu converso meia hora com alguém sem ter ideia de quem seja, é que sou uma desmemoriada. Quem nunca? Quando fui surpreendida procurando o celular usando a lanterna do próprio celular, vieram com uma conversa estranha, que eu precisava urgentemente de ajuda: magnésio, psiquiatra, espinafre, Sudoku e não lembro mais o quê. Um exagero. Distrações são absolutamente naturais nos dias de hoje com tantas coisas que temos para nos focar.

Isso sem contar com a infinidade de senhas que somos obrigados a decorar. Uma verdadeira conspiração para nos controlar. Ainda bem que existe a saída honrosa do "esqueci a minha senha", que uso invariavelmente toda vez que entro em aplicativos e sites. Mas ela cisma comigo, testa minha paciência, até eu acertar uma senha que ela resolva não considerar fraca. No fim, como vingança, acabo inventando uma combinação de números e caracteres tão aleatórios que até o computador tem dificuldade de memorizar.

Não sei a sua, mas a minha memória é zombeteira e costuma fazer brincadeiras de mau gosto comigo. Um dia desses (ou foi antes da pandemia?), numa conversa importante (talvez no elevador), me surgiu uma ideia superinteligente. Mal comecei a falar, o vazio invadiu meus pensamentos e, do nada, roubou o lampejo. No vácuo, gaguejei, preenchi o vazio com bobagens, para só depois receber de volta a ideia genial — que, ressurgindo na hora errada, não sobrara nada de genial. Não foi exatamente falta de memória, foi só uma lentidão no meu HD e um probleminha na minha... me fugiu a palavra, mas você entendeu.

Outro dia — meu filho (o caçula, ou talvez o mais velho) sempre faz questão de me lembrar —, eu saí para buscá-lo na escola. No caminho, fiz algumas ligações, me envolvi com as conversas e acabei passando reto pela escola. Quando estava quase chegando em casa sem o menino, e sem perceber que estava sem ele, recebo uma ligação do meu filho me avisando que tinha se virado com uma carona. Não tenho dúvidas de que foi o meu subconsciente que

me levou a fazer isso, pois já estava na hora de dar mais autonomia ao pequeno. Isso se chama intuição materna, o que nada tem a ver com memória.

Admito que às vezes me fogem alguns nomes. Afinal, são tantas as pessoas que conhecemos. Trata-se, porém, de um detalhe sem importância, mesmo porque a pessoa é muito mais do que o seu nome. É assim que temos que enxergar o outro: sem rótulos. E, nesse ponto, minha (falta de) memória age corretamente.

Quando repito oito vezes a mesma história como se fosse uma novidade, a pessoa se irrita, corta o papo e diz: "você já me contou". Ora, o problema é a falta de paciência, pois cada vez que a gente conta uma história, ela se torna uma nova história, com outros detalhes e nuances.

O esquecimento é uma parte essencial do aprendizado, e o mais importante é que... (com licença, vou até a cozinha tomar uma água e já volto para concluir a ideia